KB172831

사랑 참 우습죠

사랑
참 우습죠

엄윤정 시집

좋은땅

인연

시인에게는 시에 대한 많은 정의와 좋은 말이 있다.

여기에 나까지 더 보탤 필요는 없을 것 같다.

그럼에도 불구하고 군이 엄윤정 작가의 시와 시인에 대해서 말하고자 하는 이유가 있다.

엄윤정 작가를 알게 된 것은 문학 동인회에서 문학적 교류와 소통을 통해 알게 되었다.

아! 그러고 보니 아는 게 없다.

그냥 맑고, 밝고, 남을 배려하는 아름다운 사람 정도로만 생각했다가 엄윤정 작가의 첫 수필집 『오늘을 산다』를 읽고 망연자실한 채 그동안 아무 생각 없이 내뱉은 나의 무감각한 말들이 떠올라 한동안 미안해하며 부끄러웠던 적이 있었다.

시인은 긴 투병으로 힘든 시간을 보내고, 주변 사람들과의 부딪침 속에서도 주어진 운명을 살았다.

때로는 실망과 좌절, 그로 인한 절망을 곱씹으며 탈출구 없는 시간을 보냈을 것이다.

삶의 폐허가 된 곳에서 우연히 우물을 들여다보다 심연에 출렁이는 생명, 즉 글을 발견하게 되고 지난한 시간에 스스로의 삶을 재해석하며 긍정적으로 변모해 온 것은 아니었을까?

무엇보다도 엄윤정 작가의 모든 시는 놓인 현실 앞에서 능동적인 투쟁으로 세상을 바라보는 시선과 고통에서 깨닫게 된 깊은 사유이다.

마지막으로 기대할 수 있는 것, 그래도 현실 속에서 다시 사람이었다라는 시인만의 정의에 놀랍고 나 자신이 부끄러웠다.

어떻게 살아왔는지, 어떤 사람인지, 솔직히 지금도 모른다 말할 수 있다.

어찌 알겠는가?

죽음의 사선을 넘나들며 인생을 조명하는 것이 아무에게나 있는 일도 아니고 그래서 엄윤정 작가의 수필집『오늘에 산다』를 인용한다.

'내일까지 생각하며 살기엔 너무나 불확실한 삶임을 나 스스로 잘
알기에 나는 오늘을 살았다.'
'오늘 하루도 그냥 오늘 하루를 살자.'

얼마나 치열한가, 얼마나 열렬한가.
이것이 엄윤정 작가의 좌우명이자 철학이요 진심이다.

시에 대한 열정도 여기에서 온 것이리라.
엄윤정 작가의 시에서 보여 주는 그리움, 슬픔, 아픔, 희망, 사랑, 기타

여러 메시지는 절벽 끝에서 세상을 내려다보며 그저 공허하게 울리는 통탄이나 비탄의 반복적인 메아리가 아니다.

경험과 체험에서 오는 극한의 도전이 길러 낸 산물들을 이성의 체로 걸러 내어 가슴 깊은 곳에서 인간적인 향기로 승화시킨 결과물이며 독자에게 들려주고 싶은 진솔함이 아닐까 생각한다.

엄윤정 작가 자신은 스스로 아직 많이 부족하다고 말한다.

어쩌면 맞는 말인지도 모른다.

그러나 매일같이 죽음에 맞서 싸우며 현실을 직시하는 용기와 시어 조탁에 열정을 쏟아 내는 시인이 얼마나 되겠는가.

엄윤정 작가는 열망이 낳은 열정으로 쓰고 또 쓰기에 다른 시인과 구별하고 싶다.

동료로서 문우로서 비판적 지지를 견지하며 오랫동안 신뢰와 우정으로 지켜보고 싶다.

주목 같은 의연함과 생명력에 박수를 보낸다.

● **시인 박소천**

『사랑 참 우습죠』 시집을 응원하며

엄윤정 시인의 두 번째 시집 시편들을 보면 시인의 시편에 등장하는 시의 소재는 사람과의 관계에서 이뤄진 숨은 이야기들의 작품들이 많다. 이는 4차 산업의 초연결 사회에서 부딪치는 수많은 바람결에 펄럭였던 인연들의 이야기가 많다. 때론 잔잔하고 따사한 훈풍, 때론 송곳 찌르듯 매서운 삭풍이 가슴팍을 파고드는 세찬 결을 남길 때마다 기쁨도 아픔도 시적 감성으로 진솔하게 갈무리한 시인의 메시지는 누구도 표현할 수 없는 보석 같은 글이다. 엄윤정 시인이 그의 삶 속에 다가온 사람과의 관계에서 소재를 끌어내고 있음을 알 수 있다. 그의 시편들에서는 '인간이란? 인간관계란?'에 대한 끊임없는 고뇌에 찬 질문을 시를 통해 던지고 있다.

시집의 「인연의 박음질」과 「명자꽃」에서는 시인의 삶 중에서 수많은 인연의 관계를 맺었던 경험을 시인은 수행자로서 자신의 몫으로 남기며 담담하게 표현하고 있다. 하지만 시를 읽는 독자들에게 던지는 메시지의 함의는 매섭게 다가와 심금을 움직이고 있다. 잘못된 인간관계로부터 시인의 존재 가치를 어떻게 확립해 갈 것인가에 대한 사유가 바탕에 깔려 있다.

시인은 매사를 긍정적으로 살아가고 항상 웃음을 귀에 걸고 다니며 삶을 즐기고 있다. 인간관계와 사람들로부터 받는 마음의 상처를 가슴에 보듬고 살아왔음을 시집에서는 읽을 수 있다. 시인 엄윤정은 좋은 일은 남에게, 궂은일은 자신이 안아 가며 살아왔던 마음 씀씀이가 가슴앓이 되어 아픔이 커졌지 않았을까 싶어 가슴 먹먹하다. 그러나 시는 시인의 마음 저변의 토사물로써, 본시 착한 마음에 매사를 긍정적 사고로 살고 있는 시인인지라 지금의 아픔이 불멸의 창작품이 되어 더욱 완숙한 창작물을 일궈 내리라 확신한다. 엄윤정 시인에게 늘 하느님의 가호가 함께하여 시인만이 표현할 수 있는 작품을 만나 볼 수 있길 간절한 소망으로 기도한다.

● **국제 대학교 총장 이권현 박사**

엄윤정 시집 두 번째 이야기

뉘엿뉘엿 내려앉은 달 허리 감싸 안으며 피고 지는 봄날의 아침이 눈앞을 에워싸기까지 밤새 지새우던 애태운 마음은 가슴속 그대 안녕을 바란다.

긴 하룻길에서 출렁이는 이야기가 발 빠른 십 년의 세월을 태울지라도 오늘에야 남겨야 할 이야기가 책장의 한 페이지 속으로 스며들던 작가의 순수함만은 차츰 채워져야만 했었다.

삶과 시련이 어우러진 터울에서 다시 태어난 시인이자 수필가인 엄윤정 작가의 두 번째 시집은 순간 잊기 쉬운 삶의 소재를 몸소 겪은 다양한 경험과 풍부한 상상력을 기조로 채울 수 없는 참 인생의 모습으로 탈바꿈한 작품들이다.

엉겨 붙은 실타래를 한 올 한 올 풀어 나가듯 가슴 조이는 이야기를 정형시의 틀 안에 묶어 두고 때로는 산문적 이야기를 통해 수필감을 이끌어 내었다고 말할 수 있다.

끝을 알 수 없던 언젠가는 아쉬움을 뒤로한 채 포기하고 싶었고, 때로는 해야만 한다는 삶의 목표가 인생의 수평을 이루기까지 적지 않은 가슴앓이를 품 안의 자식처럼 부둥켜안고 살아야 했다. 하지만 남겨야 할 소중한 이름 석 자를 인생의 한 부분으로 승화시켜 아픔과 시련을 바탕으로 어우러진 이야기의 주제를 뇌리에 스치듯 자연스럽게 풀어 가고 있다.

　끊임없는 노력과 도전은 누구나 할 수 있다.

　그러나 결실의 열매를 맺기까지 뿌리를 내리고 흘려야 할 눈물과 시련의 극복은 쉬이 찾아오거나 쉽게 헤쳐 나갈 수 없기에 절대 포기하지 않는 열정의 힘은 결국 작가의 의지이다.

　작가의 시선은 세상의 풍경만은 아니었다.

　심신의 지쳐 옴을 극복하며 지나간 이별과 슬픔과 아쉬움을 달래고 표현하고자 하는 삶의 애환을 살며시 담아 두고 있다.

　작가는 참을 수 없는 욕망을 움켜쥐고 두 팔로 나래를 펼치고자 하는 희망을 품었고 진솔한 내면의 세계를 허울 없이 표현하고자 하였다.

　이것이 작가의 의무라면 독자로 하여금 공감대를 형성시키고자 하는 노력도 결국 작가의 책무일 것이나, 이듬해의 결실을 잊으려 하지 않기에 현실의 삶과 꿈을 향한 또 다른 이상의 작가로서 세상에 남기고 싶은 세 번째, 네 번째의 솔직 담백한 이야기가 이어지길 진심으로 기대해 본다.

　끝으로 엄윤정에게 돋보이는 끊임없는 자기 개발의 자아 성찰은 참작가의 본모습을 보여 준 열정 그 모습 그대로일 것이다.

● 詩人文藝評論家(心香 이진섭)

하루를 살아 냈다는 건 대단한 일이다.

별일 없이 뒹굴뒹굴하던 하루도, 치열하게 부딪쳤던 하루도 나에겐 모두 그러했다.

더 감사하고, 더 사랑하고, 더 용서하고 살지 못한 아쉬움은 가끔 삶의 회의로 밀려들기도 한다.

이 또한 살아 있으니 느낄 수 있는 축복이라 여기며 하루하루를 살아간다.

시란 삶에 유일한 위로였으며 꿈을 꾸게 한 희망이었다.

잘 쓰고 싶다는 욕망은 끊임없이 들끓어 댔지만 좀 부족하더라도 시인으로서 성장하는 모습을 독자들에게 보여 주는 것도 나쁘진 않겠다 생각했다.

어제보다 조금 더 나아진 글, 삶의 성찰과 사유가 담긴 글, 누군가의 마음을 들여다보는 글을 쓰기 위해 매일 시를 쓴다.

아직은 발버둥에 가깝겠지만 언젠가는 해내고 말겠다는 포부를 품고 노력 중이다.

나는 이력이 없는 게 이력이라는 걸로 문인들 사이에 이미 시시한 시인으로 각인된 사람이다.

그럼에도 나는 나의 시시함을 시시하지 않게 즐길 수 있었고, 즐김으로 내 마음에 이력을 채웠다.

끊임없이 시에 대한 질문을 던져 주고 정답을 찾아가는 과정을 기꺼이 수고로움으로 함께해 주신 분이 계셨기 때문에 가능한 일이었다.

나의 유일한 선생님 박소천 시인님이 계셨기에 좌절과 포기 없이 여기까지 지치지 않고 한결같은 보폭을 유지할 수 있었다.

때로는 냉철하게, 때로는 아낌없는 칭찬과 격려로 일여 년을 나의 멘토가 되어 주신 박소천 시인님께 감사의 말씀을 전한다.

'시는 사람이다.'라는 가르침을 잘 새겨서 글과 다른 사람이 되지 않고 글처럼 고운 사람이 되고 싶다.

글도 언어여서 누군가에겐 비수가 될 수 있음을 잊지 않고 상처 주지 않는 글, 치유가 될 수 있는 글을 쓰고 싶다.

먼 훗날 누군가에게 기억될 수 있는 시 한 편 쓸 수 있다면 얼마나 행복한 일이겠는가?

상상만으로도 행복해진다.

글이 주는 힘을 잘 아는 사람은 결코 글 쓰는 게 쉽지 않음을 잘 안다.

유명한 작가가 되고 싶기보다 나 스스로에게 인정받을 수 있는 작가가 되고 싶다.

그러기 위해 끊임없이 공부하고 창작하며 나를 발전시키는 일을 게을리하지 않을 것이다.

사랑 참 우습죠

나의 소중한 가족들과 가장 소중한 벗이자 분신 같은 내 동생, 맘 편히 꿈을 이룰 수 있도록 아낌없는 응원을 아끼지 않는 나의 이창형 님께 감사와 사랑을 전해 본다.

건강하게 잘 버텨 주고 계신 어머님과 나의 보물단지, 언니, 오빠, 친구들에게도 마음을 전한다.

가족과 같은 마음으로 뜻을 함께해 오신 문우님들께도 감사드린다.

또한 항상 응원해 주시는 가수 최정철 님께도 감사의 말씀과 받은 응원보다 큰 응원을 담아 보낸다.

살아가는 모든 이들이 행복에 충만한 오늘에 살아가길 간절히 바란다.

2023년 3월
시인·수필가 엄윤정

목차

Part. 1

Part. 2

Part. 3

Part. 4

Part. 5

Part. 1

수취인 불명

계절의 안부를 묻습니다

안녕이란 짧은 인사
가슴속까지 서늘한 겨울
하늘은 아직 쪄 내지 않은 하얀 쌀가루를 뿌려 내고
어기적 기어가는 도로 위, 시동 걸린 걸음들
눈이 쌓이면 오늘 무얼 하시나요?

혼자 간 카페, 뜨거운 찻잔에 언 손 녹이며
따뜻한 커피 향 좋아하냐 묻습니다
아무렴 어때요
함께라면 즐기지 않던 한 잔 커피도 나쁘진 않겠죠

나처럼 가슴 아픈 이별해 본 적 있냐 묻습니다
그래요
꼭 그 사람 아니라도 어디에든 있을 행복
잠시 아픈 건 문제 되지 않겠죠
다만 당신은 어찌 견디나 궁금할 뿐이에요

묻고 싶은 말 너무나 많은데
내가 당신을 몰라 자꾸만 글이 끊어져요

사랑 참 우습죠

그런들 어때요
부칠 수 없는 편지, 그냥 해 보는 넋두리인 걸요

이 시간이 길지 않길…
오늘 나의 편지를
언젠가 마주 앉아 들어줄 사람이 생기길 바라는 걸요

그때는 이런 안부 묻지 않기로 해요
오늘은 여기서 안녕

빈 커피 잔 옆 낙서처럼 쓴 편지 하나 놓고 나선다
누군가 나의 이야길 볼 테지

그래요, 시답지 않은 이 편지 읽는 당신만이라도 행복하세요
나는 그저 조금 아픈 시간에 살고 있어요

우체국 길 건너 카페

그곳에 가면 누군가의 기다림이 있을 것 같다

찻집 창가에 앉아 빨간 제비 둥지 보고 있노라면
정성스러운 손 편지에 우표 하나 붙이고 싶다
찬란했던 옛날이야기, 가물거리는 추억도 가져가지 아니한
그 이름에게 편지를 쓰고 싶다

쉼 없이 소식 물어 나르던 낯선 발걸음
총총히 물고 온 이야기는 누구에게 전하는 안부일까?
빈손 흔들며 미소 풀로 붙이고 나온다

길 건너 카페에선 우체국이 잘 보인다
카페에는 우정사업을 대신하는 사람들
마주 앉은 얼굴에 초고속 등기를 보내고
금세 행복한 얼굴로 답장을 쓴다

나는
텅 빈 우체통 앞에 앉아 부치지 못한 편지 한 모금 머금어
아련한 마음 위에 띄워 보낸다
안녕
여전히 잘 지내지?

사랑 참 우습죠

길 건너 우체국에

아직도 부치지 못하고 가슴에 꼭 쥔 편지 하나가 있다

기억의 제본

낱장을 엮은 두꺼운 책 하나가 있다
편집되지 못한 오류는 나에게만 다른 색으로 엮어져 있었다
동생의 것을 펼쳐 보기 전까지는…

두꺼운 과거다
같은 경험에 각자의 이해를 저장하고 꺼내 보는 답답한 울분
우린 각기 다른 이해에서의 기억을 하고 있었다
빛바랜 글자 희끗하게 있어도
일방적 편집은 또렷한 것이었다
잔상의 조합은 온전치 못한 오류투성이
내 아름답던 핑크빛 기억을
동생이 아프게 들춘다

수정할 수 없는 오류
누구의 해석이 완벽하고
누구의 해석이 억측인지 알지 못한다
우리가 다른 기억을 제본해 두고 있다는 게 중요했으니까
왜라고 묻지 않는다
바로잡을 까닭이 없음은
예측하지 못한 감정의 저장이기 때문이다

사랑 참 우습죠

너무나 아끼고 사랑했던 마음이

집착, 성가신 피곤함, 스트레스였다는 건 적잖은 충격

다시 한 권의 책을 한 장 한 장 찢어 새롭게 엮어 낸다

나의 추억 모두가 사랑이 아니었음을…

새롭게 고쳐

동생의 추억과 비슷한 낱말을 배열하고 맞추어 엮어 놓았다

제본된 책이 낯설게 읽힌다

달을 파먹으면 별이 되나 봐요

파먹어 댄 달 움푹 패어 들어가고
뾰족하게 튀어나온 창 몇 개가 생겼다

생각은 꼬리에 꼬리를 물며 끝말잇기 하고
어디든 부딪쳐야 멈출 수 있었던 가속된 잡념
결국 심장에 쿵 하고 박히더니 멈추었다

마모된 모든 것들은 오롯이 나로 인한 것이었으며
문제의 중심도, 핑계가 필요했던 것도, 전부 나였다

파먹히다 남은 가슴을 둘러싼 창들이 별처럼 솟아 있었고
제어된 마음이 다시 움직이기까지
숱한 마음 보태어 둥글게 둥글게 굴렸다

가슴에 달이 뜨면 마음이 잘 굴러간다
가슴에 별이 뜨면 심장에 잘 박힌다

애써 띄운 달을 야금야금 파먹어 대는 것도
모서리를 다시 채우는 것도 멈출 수 없는 일

사랑 참 우습죠

달 뜨고 별 뜨는 것도 내 마음속이라

얕은 밤의 변화보다 깊숙한 곳의 태양이 환히 떠올라

뜨거워도 하나뿐인 가슴 안아 보고 싶어라

끌어안기 부담스러울 만큼 벅차오르면

눈물로 식히며 살아도 좋을 가슴

해가 뜨거나 비가 오거나~

낮에 기대어 가고픈 마음이어라

에필로그

행간의 밀도가 없었으며
이미지를 묘사할 뾰족한 언어가 없었다

사유가 없음이 이유가 되었고
비틀린 마음과 달리 언어의 비틀림을 몰랐다

누구나 쓰는 흔한 단어들과
누군가 버린 단어들을 주워다 배열한 뻔한 시
내 마음을 나열하는 것조차 내 마음대로 되지 않아
목 놓아 절규했던 시

관행과 관례라 치부하고 싶었던 것들
꿈보다 해몽이라며 구시렁대던 것들

뚜껑을 열어 보니 턱없이 모자란 내 것
나의 텍스트는 누군가에게 버려진 몇몇 단어들보다
더 치욕스럽게 버려져도 좋을 만큼 헐렁한 것들이었다

비틀지 못한 언어는 마음을 더 비틀어 놓았고
촘촘히 엮어 내지 못한 이야기들은
복잡 미묘한 속앓이로 남아 있다

사랑 참 우습죠

어떻게 써야 잘 쓴 건지 알 리 없는 혼자만의 글
한동안의 넋을 놓았던 시간의 무게를 털고
놓았던 연필을 든다

이제부터 다시 시작이다
다시 시작할 나의 프롤로그

인연의 박음질

매듭짓지 못한 것들은 늘 엉킨다
잘 끼워진 바늘과 실 같은 인연
한 땀 한 땀
가슴 가까이 꿰매어 가다 보면
너무 빨리 드러난 본성에
마무리 안 된 인연의 박음질

찌르는 통증도 기꺼이 견뎌 낸 인연
마지막 통증은 견딜 수 없을 것 같아
바늘을 빼고 실밥을 뜯어 버렸다

살면서 마무리 못 한 박음질이 얼마나 될까?
가슴에 수놓았던 그 많은 인연들
꿰매고 꿰매어 엮어
삐뚤빼뚤한 땀 하나도 연이라
고이 품고 품었지만
바늘 닿을 때마다 아파 모질게 끊어 낸다

서툰 바느질 탓일까?
쉽게 뜯어진 실 탓일까?
아프게 느껴지는 바늘 탓일까?

사랑 참 우습죠

오늘도 바늘을 뽑아 실을 뜯어 낸다

타의 추종을 불허합니다

마음 하나 전부지만 타의 추종을 불허합니다

가진 것도 없으면서 큰 욕심도 없습니다
아는 것도 없으면서 모르는 것에 당당합니다
지기 싫어하지만 이기고 싶지도 않습니다
상처받고 싶지 않아 상처 주는 것도 싫습니다
내세울 건 없지만 뒤로 물러서기 싫습니다
남들이 예라고 할 때 아니라고 말할 수 있습니다
물질적으로 빚지고 살아도 마음만은 빚지길 원치 않습니다
나눠 주고 나눠 줘도 마르지 않는 마음 하나
타의 추종을 불허합니다

딱 하나
유일하게 가진 것
알량한 이 마음 하나
타의 추종을 불허합니다

사랑 참 우습죠

모두 떠나간 길목에서

살갗 에이는 칼날 바람 맞으며 그리운 기억의 되새김질
조용히 머물다 떠나간 계절의 끄트머리
이 또한 돌아간다는 걸 알면서
매번 마지막 길목처럼 서 있다

계절이 돌아간 길목엔 마중이 있다
다소곳이 왔다 푸르른 청춘으로
아름다운 이별의 야윈 기다림으로
끝이 보이지 않을 것 같은 시린 기다림도
지나고 보면 아름답게 추억될 계절의 길목에서
아린 마음에 새살 돋듯 움터 올봄을 마중하는 일

얼어붙은 마음들 녹아 흐르면
이별이 추억되고 만남이 이별되는
어느 계절의 사이에서 보내고 맞이할 이야기들

봄 오길 손꼽아 기다리는 건
모두 떠난 빈자리가 더욱 외로워서다

노출증과 관음증

끈적한 혀끝으로 터치한 말의 유혹은 달콤했다
할딱거리며 혀끝으로 가슴 축이는 현란한 입놀림
보기 좋게 차려입은 마음이 행복으로 다가왔다

커튼에 가려져 보이지 않았던 것들

그는 처음부터 과감했으며
하나씩 하나씩 벗어 던지며
간간이 달갑지 않게 혐오스러운 알몸을 드러냈다

놀라고 상처받은 마음
눈과 마음을 씻어 내고 싶은 괴로움
노출된 본성은 처음의 모습이 아니다
그는 관음증처럼 나의 상처를 훔쳐보며 쾌락을 즐겼다

부끄러움 모르는 사람
타인의 아픔으로 오르가즘 느끼는 사람
내가 무너질수록 음흉해지는 그를 보며 조금씩 죽어 갔다

모나고 삐뚤어진 사람
애초에 타인의 상처엔 관심 없는 사람

어느 날부터 그의 절정의 기분을 꺾으며
나도 흥분을 즐기기 시작하였고
나는 조금씩 그를 죽였다

무관심과 대응 없는 조롱으로 그의 쾌락에 금단을 주며
통증을 느끼지 못하는 듯 무감각해진 마음으로
빳빳이 치켜든 머릴 숙이며 흥미 잃어 가는 그를 보며
나만의 오르가즘을 느꼈다

스스로 달아나 버리게 긴 코트를 펼쳐 보이며
그동안 상처 입은 속을 드러냈다

어디서 누군가에게 노출시킬 마음이든 나완 상관없는 일
그에게 나는 더 이상 흥미로운 사람이 아니었으며
그렇게 정을 끊어 내고 마음을 끊어 내고
드디어 나의 금욕이 시작되었다

밑밥

스스로 철수할 때까지 거센 물살로 대응하라

갖가지 말을 바늘에 꿰어 던진다
덥석 물면 탈 나는 감언이설
눈치 없는 입질한다

주위를 돌며 조금씩 베어 물고 빈 바늘만 남긴 채
유유히 사라지는 약삭빠른 놈들
제 배 속만 채우고 모른 척 돌아서는 어리숙한 놈
손끝 혀끝에 놀아나다 상처만 남긴 채
곪은 속 움켜쥐고 가슴 친다

세 치 혀를 믿지 마라
말의 유혹은 음흉하다
진실 없는 거짓에 진위를 따질 이유가 없다
혀로 베푼 속임수 기막힌 탄식 되고
바로잡기 힘든 자책이다

그는 사람 낚는 강태공
한번 물면 놓치지 않는다
손끝이 개의 이빨처럼 질기다

사랑 참 우습죠

나는 미끼 같은 마음에 경계 모르는 입질을 한다

마음에 파도쳐서라도 줄을 끊어라
그저 얻어지는 게 뭐 있다고…
떡밥에 인생을 걸지 마라
스스로 먹이를 찾아야 가치 있는 것

오늘도 현란한 혀놀림으로
먹음직스러운 미끼 꿰어 낚싯대 던지고
아가리 벌려 달려들어 줄 어리숙한 사람 기다린다

나는 거센 물살로 이리저리 흔들어
혀로 꿰어 만든 낚싯줄 끊어 버린다

변론을 시작하겠습니다

지금부터
변론을 시작하겠습니다

- 사랑이 죄라면
씻을 수 없는 큰 죄를 지었습니다
그대 마음 내 마음에 유기시키고
힘들게 만든 것도 죄입니다

이별이 죄라면
용서받을 수 없는 큰 죄를 지었습니다
버려 둔 맘 힘겹게 키워 냈더니
냉정히 그 맘 가져간 것도 죄입니다

- 그대에게 묻겠습니다
한순간이라도 진심인 적이 있었던가요?
다시 묻겠습니다
사랑하긴 했나요?

- 당신이 의도적으로 흘린 마음 주워 든 건 사실입니다
그 마음 조금씩 키우다 정들어 커진 사랑
진심으로 사랑했습니다

사랑 참 우습죠

당신 마음을 훔친 대가로 아낌없이 다 내어 주며…

- 그런데 말입니다
다 키워 둔 그 마음 가져가는 게 말이 됩니까?

저는 당신이 평생을 두고 후회하길 바랍니다
나보다 더 아프고 나보다 더 상처받길 바랍니다

이상입니다

창틀에 낀 햇살로 카푸치노를 만든다

잠든 얼굴에 빔을 쏘아 대네요
좀 더 자고 싶은데 밤사이 보고가 그리 급했나
아침의 이야기가 시작되었어요

창문 열어 밤의 안부를 물어요
내가 왔으니 기지개를 켜라 하네요
귀를 간지럽히는 바람의 아침 인사도 바쁘긴 마찬가지
서둘러라
하루의 시작을 알려요

창틀에 살포시 낀 햇살 담긴 커피 잔을 듭니다
설탕 하나에 햇살 한 줌 넣으니 폭신한 카푸치노 맛이 나요
오늘의 계획은 잠시 미뤄 두고
아직 잠에서 덜 깬 세포들의 기지개 켜게 합니다
솜털처럼 일어나 보채지 않고 아침을 맞아요

아차차
오늘은 오랜 친구와 약속이 있는 날이에요
창문 활짝 열어 환기를 시작합니다
문 틈새 햇살이 온 방에 아침 인사하니
잠 덜 깬 가라앉은 공기도 상쾌하게 바뀌어요

사랑 참 우습죠

개운하게 씻고 뜨거운 바람에 젖은 머리카락 말리며
밤이 나를 알아볼 수 없도록 변신합니다
예쁜 원피스 살랑거리며 또각 구두 신고 아침을 걸어가요
창문 틈에 걸려 있는 햇살, 나를 따르며 걸음 재촉하지만
급할 게 없는 난 못다 한 이야길 합니다
조금 늦으면 어때요

또각또각 아침이 걸어갑니다
친구 만나러 가는 길
어깨동무한 아침과 치맛단 들썩이는 익살스러운 바람도 친구 하며…

아차차
창문 틈 햇살 한 줌은 가져오지 못했어요
아마도 엄마의 커피 잔에 카푸치노를 만들고 있겠죠?

연말 결산

소득 없는 자발적 헌신
가벼운 마음 되어 짤랑거립니다
손해라면 더 많이 사랑한 탓이겠지요
내 마음의 지출과 돌아온 마음이 맞지 않아 골머리 싸매어요
당신께 공제받은 그 마음조차 야속해 주판알 굴립니다

끝없이 내어주고도 되돌아온 적 없는 사랑
혼자 하는 사랑
지출과 투자 더 많았던 올해의 사랑
내년에는 이자 조금 붙여 돌아올까요?

바닥난 마음 한계에 다다라 나의 사랑 도산 나면
해바라기 사랑도 실직하고 어딘가 헤매고 다니겠죠

굳이 이윤 남기고 싶지 않은 사랑입니다
더도 말고 덜도 말고
나만큼만 당신이 나를 사랑해 줬으면 합니다
지친 사랑 파산 나기 전에 당신의 계산기 두드려 보아요

올해 연말정산은 하지 않는 게 좋겠습니다

사랑 참 우습죠

마인드 드립

마음에서 걸러 내도 새어 나오는 작은 신음 소리
통증이었다가 후회였다가 미련이었다가 한

젖어 들었다 말랐다 하는 가슴, 팽창과 수축의 반복
들숨 한 번 날숨 한 번
아직 다 걸러 내지 못한 감정들을 갈아 한 방울씩 내린다
진하게 내려지면 눈물에 희석하고
거르고 거르다 보면 맑은 물 떨어지겠지 하고

쌓아 두면 굳어 버리는 감정들
잘 걸러 맑게 내려 본다

당분간 휴업입니다

단단히 짠 맨 머리로 미용실에 들어선다
곱게 자른 머리카락 하얀 소금으로 트리트먼트 시작하면
베테랑 원장님의 헤어팩 양념이 제조된다
걸쭉한 육수에 비릿한 육젓과 마늘, 생강 넣고
붉게 염색할 고춧가루를 넣는다
단골네 서비스로 수육 삶고
퍼포먼스 보기 위한 가족들 총동원되면 원장님 손길 바빠진다

뻣뻣한 머리카락 소금물에 흐물흐물, 빗질 잘된 듯 부드럽다
잽싸게 물로 헹구고 소쿠리에 앉혀 물기를 턴다
익숙하고 노련한 원장 선생님
굽은 허리로 한 올 한 올 붉게 염색한다
작두질하던 큰아들 얼굴, 칼 내려놓으니 꽤나 순하다
머리 감기던 스태프 딸들, 수육 삶던 며느리, 금세 웃음꽃 머금고
늙은 원장님 노고에 뒷정리는 알아서 척척~

배추 곱게 단장 마치면 월동 준비 끝~!
하나하나 꺼내 먹을 때마다 원장님 손길 맛보겠지
은퇴 멀었으니 오래 계셔 달라는 조무래기 스태프들의 간청
올해 미용실은 이제 휴업이다
내년 겨울도 원장님의 미용실이 잘 돌아가길 바라며
빨간 머리 한 올 찢어 입에 넣는다

사랑 참 우습죠

고전 토끼와 거북이

비틀거리던 간격
전력 질주로 달려도 따라잡기 힘든 성공
낮잠 자는 토끼다

출발선은 같아도 끝은 정해 놓을 수 없는 것
불안정한 발 구르기 휘어진 등보다 뒤로 휜 꿈
균형을 잃은 집중력 아슬하게 걸린 꿈과 함께 무너진다

자만과 오만에 취한 난폭한 질주, 인생길 교통사고 같은 것
수습 두려운 질주
에라~ 모르겠다
낮잠도 오래면 거북이보다 느린 달팽이
집념과 불굴의 닌자 선생 한 줄 명언 '근면 성실하게 살자'

완급 조절은 언제나 힘들다
순간의 판단력은 이어 달리지 못한 자가 진단의 오류
너무 빠르지도 너무 느리지도 않게 완만한 보폭 유지
가늠되지 않은 먼 거리
다시 뛰기보다 포기를 떠올리게 하는 것
토끼와 거북이의 고전은
현대에도 먹히는 인생 이야기

한 줄 명언을 실천하자

정상에 빨리 가 기다리는 것

격차 난 정상으로 뛰어가는 것은 묘수나 꼼수보다 지구력

정상의 높이는 다 다르니 굳이 올라가려 애쓸 필요 없다

인생은 극한의 철인 3종 경기

토끼의 민첩함과 거북이의 지구력 모두를 발휘해야 한다

빠르게 가면 높이 오르고 느리게 가면 낮게 오르자

근면 성실하게 가던 길 묵묵히 가는 것

토끼든 거북이든 상관없다

어느 술집

건널목 가로지른 팔,
위로 나란히 하고 생명력 자랑하는 풀 길
기적을 울린다

눕혀 둔 사다리 사이
머리 맞댄 자갈들의 아찔했던 시간은
오래된 기억 저편에
사다리 몇 개 뒤엉키어 휘어져 있다
낡은 시멘트 대합실엔
거미 몇, 모기장 치고 당당하게 노숙 중이다
녹슨 기찻길 정차 없는 세월,
쉼 없이 지나도 나무는 계절 따라 피고 진다

나무 지팡이 하얀 고무신 행군,
낯익은 사람들 인사
보자기에 싸인 정 빛바랜 사진 속 추억되고
간이역에 밤이 깊어 가면
친구와 나란히 앉아 술잔을 기울인다

완행 속 안부와 집안사는 고속의 눈빛과 침묵으로
세월만큼 빠른 문명, 서지 않는 간이역

벽에 걸린 오래된 흑백의 역사 바라보며 술잔 깊어 가면

친구와 나란히 앉아 간이역의 새벽을 기울인다

은하수 목욕탕

밤이 짙어지면 중력에 묶여 있는 별들 강강술래 한다
낮 동안 더럽혀진 마음 들고 와 씻기 좋은 곳 자리 잡고
묵은 때와 묻은 먼지 씻어 내려 살포시 앉는다

돗자리에 엉덩이 퍼질러 앉아
쌍둥이자리 눈 맞춰 이야길 나누며
궁수가 쏘아 내는 수많은 별 아래
갠지스강 비친 호숫가에 앉아
쏟아지는 별들로 샤워 한다

별들 반짝거리며 부서지면
마음 구석구석 찌든 때 닦아 내며 굳은 각질 벗기고
별처럼 빛나는 몸으로 단장한다

카시오페이아에게 내가 너보다 예쁘지 않냐 허영 떨다
바람난 제우스 백조에게 나는 어떠냐 너스레 떨다
알 수 없는 사연들의 별자리 무심히 지나치며
한결 가벼워진 마음으로 일어선다

은하수 목욕탕엔 사연 많은 별의별 이야기가 있고
그 사연보다 더 기막힌 나의 이야기가 있다

사랑 참 우습죠

깨끗이 단장한 마음

밤이 더 깊어지거나 달아나기 전에

어서 일어나 밤바람에 젖은 몸 말리며 집으로 간다

조금 서두르면

별이 내려앉은 은하수 다방 커피도 한잔할 수 있겠지

목욕탕에서 깊은 외로움 불리고, 밀어내고, 씻어 내고 나니

출출한 마음 깊은 잠이 고플지도 모르겠다

땟물 넘치는 은하수 목욕탕 네온사인이 꺼지면

영업 종료 안내판 새벽이라 적어 둘 테지

오늘의 운세

하이힐 신고 빙판길 스케이트 탄 날
언 손 녹이다 코트 끝 난로에 태워 먹은 날
상사에게 배 터지게 욕먹은 날
남자친구에게 이별 통보받은 날

불길한 징크스
운수 사나운 날
풀리지 않고 꼬이는 하루

띵똥~!
앱으로 알려 준 오늘의 운세
행운이 가득한 날이란다

그래
모든 일은 마음먹기에 달린 것

김연아보다 리얼하게 얼음판 여왕 된 날
새 코트 사러 백화점 가는 날
회사 안 잘린 게 다행인 날
새로운 사랑의 기회를 얻은 날

사랑 참 우습죠

행운으로 바꿔 본 오늘의 운세

머피의 법칙이 샐리의 법칙이 된 날

화려한 외출

희끗거리는 얇은 머리칼 먹물 입히고
곳곳에 깊게 파인 삶의 흔적 두껍게 메운다
굽어진 허리 곧추세우고 최대한 바른 자세로 세월 감춘다

근심 걱정과 거리 먼 삶만 살아왔던 것처럼
고상한 미소와 천박하지 않은 톤으로 위선을 떤다
모두가 나 같은 모습으로 행복한 이야기를 늘어놓고
익숙한 이야기하듯, 듣듯, 낯선 시간에 앉아
큰 의미 없는 늙은 여자들의 고고한 수다

해가 저물어 가니 꼿꼿이 세운 허리 굽어 가고
더는 버티기 힘든 외출의 마무리를 서두른다
핏기 덜 가신 고기 한 점 노린내에 울렁거리는 속
동치미 국물 한 사발 들이켜 달래고
익숙한 나의 삶의 시계를 다시 돌린다

목차

1. 안부를 묻지 마세요

긴 투병 시간, 잘 있다는 말 하기 싫어요

흔한 안부 더는 묻지 말아 줄래요?

저는 그럭저럭 잘 견디며 살아요

2. 시간이 되면 나설 길

죽음의 문턱까지 다녀온 길

미련조차 접어 두고 사네요

살아 보니 제일 아까운 게 시간입니다

언젠가 때 되면 나설 길

남은 시간은 오직 나를 위해 살고 싶어요

3. 한 번쯤 뒤돌아보겠지요

모질게 돌아 세운 인연도

그리워 떠오르는 인연도

한 번쯤 뒤돌아보겠지요?

후회 없는 인연이지만 미련이 남는다는 건

한때 그만큼 소중했던 까닭일 겁니다

뒤돌아볼 땐 눈 한 번 맞춰 줄래요?

사랑 참 우습죠

4. 당부

슬퍼 마세요

즐겁게 잘 살다가는 길, 웃으며 축제처럼 보내 주세요

남은 이들 가슴에 아픔 되기 싫어 웃으며 지내 온 시간들

모두 잘 아시니 잘 살다 가노라 박수 한 번 쳐 주세요

건강은 자신하는 게 아니랍디다

가장 큰 재산, 자신을 잘 돌보고 지키길 바랍니다

마지막 안부는 제가 묻습니다

괜찮겠지요?

이 정도면 행복하게 잘 살다가는 거잖아요

남은 모든 이들이 행복하게 웃었으면 좋겠습니다

재회는 아주 천천히 하기로 해요

안녕

바리깡에 밀린 머리

황금 머릿결 부드럽게 휘날리며
바람 부는 대로 쓸어 넘긴다
하얀 머릿니 알알이 엉겨 붙은 머리카락
한 올 할 올 어루만지다 씨알 굵어진 영근 알 골라내어
한 움큼 쥐고 흐뭇한 미소로 바라보는 아버지

제 맘대로 갈라진 가르마 곱게 빗어 묶고
바리깡에 골이 난 머리 사이 까까머리 드러내면
엉클어진 볏짚들 수북하고 탈곡기 가득 찬 일용할 양식
갈라지고 윤기 사라진 볏단 쌓인다

아버지 일 년 노고가 짭짤한 목돈 되어 웃음 되고
집으로 가는 며느리 차 문 열어
실어 주는 땀방울 20킬로

잘려 나간 텅 빈 논엔 까까머리 삐죽하고
봄이면 이식한 솜털
누렇게 익고 여물어질 때까지 물 대고 땀 흘리시겠지

오늘 저녁은 찰진 밥 지어
아버지 아들 고봉밥 차려 줘야지

사랑 참 우습죠

배에 배를 맞추고

이른 아침 사량도로 가는 첫 배에 몸을 싣는다

해무가 걷히지 않는 비릿한 바다 내음 잠시 코끝으로 스치고
선상 바닥에 배를 깔고 개운하지 않은 몸 뒤척인다

짜기라도 한 듯 한쪽으로 등 돌리고 누운 낯선 사람들
나는 배에 배를 맞추고 엎드려 누웠다

사량도가 왜 사량도가 아닌 사량도인지 손가락 지식인에 물으며
한 번도 가 본 적 없는 곳으로의 여행

털털이 운동기에 살 털리듯
선상 바닥에 털털거리는 나의 배가 조금 날씬해졌으려나
씩~ 한번 웃어 본다

농담이 담을 넘는다

7부의 찰랑거리는 파도 삼키며
가물거리는 옛이야기 뻥튀기 튀겨 내어
별맛 없는 추억 침으로 녹여 먹으면 구수한 맛 자꾸 손이 간다

진열장에서 10년 지난 12년산 발렌타인
22년산이라 우기는 친구의 아재 개그
조금 더 묵혀 30년산으로 먹으라며 한술 더 뜨는 썰렁함도 웃음이 된다

졸업 못 한 유급된 추억, 바랠 줄 모르는 밤
자글대는 주름, 백발성성한 초등학생들
걸걸하고 때 묻은 동심이 쉴 새 없이 수런대면
눈치 없이 툭툭 뱉는 누런 가래 같은 딴지
변하지 않은 심지 곧은 한결감도 있다

농담이 담장을 넘으면 옅은 어둠도 짙은 농담으로 물든다

사랑 참 우습죠

질문을 받지 않겠습니다

청춘을 앗아 간 열정의 대가를 묻는다
대기하란다
그 긴 시간 버티고 이겨 냈는데 잠깐의 대기가 무슨 상관이냐 하겠지만
버린 시간 전부 대기 시간이었음을 알랑가 몰라

마음 다 받친 세월에 관계를 묻는다
이별일지 참고 살지 대기하란다
온 마음 다 주고도 야박한 결론 앞에 대기하자니 억울한 이 마음 알랑가
몰라

알다가도 모를 마음 답을 달라 묻는다
더 살아 봐야 알지 않겠느냐 대기하란다
오십 년 살아와도 답 모르는 삶
잘살았냐 못살았냐 묻는다
물어봐도 소용없는 질문에 왜 그리 답을 구하는지 내 마음 알랑가 몰라

Part. 2

그대라서

아픈 가슴 머리에 이고 사랑만 담아 내밀었습니다
그대 향해 내민 하얀 손 그저 사랑이었습니다

머리에 이고 있던 아픔이 너무 커 조금 덜어 내고 싶었나 봅니다
고개 숙여 쏟아부은 아픔은 나만의 이기심이었겠지요

힘겨웠던 상처가 내 손톱을 자라게 했나 봅니다
그대 가슴 할퀴려 휘저었던 손 아니었는데
그대가 아픈가 봅니다

반은 맞고 반은 틀립니다
그대가 다 맞는 것도 아니고 내가 다 틀린 것도 아니겠지요
너무 오래 달리 살아왔기에 그저 달랐을 뿐입니다

그대 앞에만 서면 자꾸만 미안하다 말하는 내가 됩니다
나의 서툶과 서두름, 모든 것이
잘못 살아가는 삶처럼 낯선 내가 되곤 합니다.

오랜 시간 머리에 이고 있던 힘겨움 발아래 내려둡니다.
자라난 손톱을 바짝 자릅니다
처음부터 할퀴려 했던 손짓이 아니었기에……

사랑 참 우습죠

내 걸음이 빨라서

걸음이 느린 그대와 발을 맞추지 못했나 봐요

멈춰 세워 그대 기다려 봅니다.

너무 힘겨우면 오지 마세요

의도치 않게 얼룩진 내 마음 그대도 나도 아프긴 마찬가지

가깝지도 멀지도 않은 이대로도 이미 아름다운 만남입니다

상처 주려 내민 손 아니기에 상처받지 않길 바랍니다

오직 사랑이었기에 미움도 후회도 없는 사랑입니다

꼭 되가지려 준 사랑이 아니라 나는 나로서 나의 사랑을 하렵니다

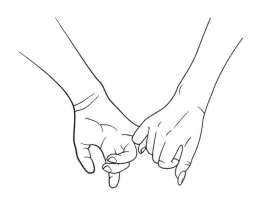

어떤 날에 마음 하나 더한들

좋은 날
유난히 특별한 하루
들뜬 내 마음 하나 더한들
오늘이 충만하지 않을까

바람에 쓸려 가는 낙엽 위
휑한 마음 하나 더한들
새삼 더 쓸쓸할까

힘든 날
아픈 내 눈물 더한들 너의 아픔이
새삼 더 아려질까

미련한 마음 하나 더했을 뿐
어디에 더한들
내 마음이 오롯이 내 마음일까

너로 인해 달라지는 내 모든 날

사랑 참 우습죠

그 사람

어지러운 밤입니다
그대는 어떤 사랑을 하고 어떤 삶을 살아 손끝의 말이 그리 아픈 걸까요
나처럼 아픈 맘 말로 다 못 해 한 자 한 자 꾹꾹 눌러썼을 그 마음
얼마나 깊게 눌러썼기에 손끝의 말이 그리 아픈 걸까요

축축한 그대 가슴 메말라 버리면 나아질까요
쩍쩍 갈라지면 더 아프겠지요
바람처럼 스쳐 가면 아플까요
난 단지 그 아픔 토닥여 주고 싶을 뿐
그 눈물 닦아 주면 더 울까요
난 단지 그만 울라 손짓하고 싶을 뿐

그대 어떤 사랑을 하고 어떤 삶을 살아 감은 눈조차 그리 아플까요
나처럼 뒹굴다 남은 아픔 눈물로 대신했을 그 슬픔
얼마나 서럽게 울었기에 감은 눈에도 이슬이 고이나요

그 사람 아니라도 그 마음 품어 줄 사랑 다시 오게
그 사람 이제 그만 보내 주세요
그대 아픔 알아 버려 나도 아픈 밤
그 사람 아니라도 행복하세요

사랑 참 우습죠

경로를 이탈하였습니다

예리한 눈으로 꿰뚫어 보던 논리적 사고가 중심을 잃었다
얇아진 두 귀와 줏대 없는 선택의 위태로움
절벽의 위험보다 소외와 이탈이 더 두려웠나
앞선 이의 꽁무니만 보며 쫓아가고 있다

무리에 합류되어 가고 있지만 나의 길은 경로 이탈
꼭 가야 하는 길인지 따져 보지 않은 성급한 발걸음
나는 지금 길이 아닌 길을 걸어가고 있다
레밍 신드롬

되돌아가기엔 너무 먼 거리
우물쭈물하다 또다시 방향을 잃었다

경로를 이탈하였습니다

마음만 앞세워 서두르던 뒤틀린 중심
휘청거리며 민감하게 세운 촉수는
추락을 종용하는 더듬이
잃어버린 사고에 주파수를 맞춘다

사랑 참 우습죠

이탈된 경로는
다시 이탈하면 됩니다

맥박이 분 단위로 빨라지고 있다
안테나를 뽑아 올리지 않아도
어느 헤르츠에 가 맞추어지겠지
한 번의 외도는 익숙한 모범에 대한 반항
번뜩이는 분별력으로 다시 의사 결정을 한다

경로를 이탈하였습니다

행복한 이기주의자

허락도 없이
가슴에 담았습니다
몰래 가슴에 담고
설레는 마음도 키워 갑니다

이런 이기적인 마음
들키지 않으려 그대 몰래
속으로 속으로 키워 갑니다

나는 행복한 이기주의자
그대 마음 몰라 꽁꽁 숨겨 두지만
그대 맘도 나와 같다면
언젠가 그대도 알아주길

사랑 참 우습죠

듣고 있나요

바람에 실려 보낸 마음 꽃잎에 들러 향기 묻히고
여기저기 소식 담아 그대에게 가겠지요

혹시나 가다가 멈추면 어쩌나
내 마음 안에 바람이 자꾸만 소용돌이칩니다

꽃잎 향에 취해 쉬어 갈까? 딴 소식 듣다 잊어버릴까?
그대에게 보낸 마음, 어디로 날아갈까 걱정이 되어요

바람 세차게 불어치면 그대에게 갈까요
천천히라도 닿을 수 있을까요
그대 들리나요? 그대 보고픈 내 마음

고백

비가 오면 묻습니다
오늘 우산 가지고 왔나요?

횡단보도 앞 빨간 신호등
비 맞으며 우두커니 서 있다
우산 있다며 걱정 말라던 사람

행여 눈이라도 마주칠까
창문도 내리지 못한 채
경적 울릴 때까지 멍하니 바라보다
소리만 내리는 비에 내 마음 젖어 흔들린다
머리에 가방을 이고 천연덕스럽게 젖어 가는 사람

좁은 사각 유리 속 한 사람이 멀어지고
운전석 옆, 곧 시들해질 한 다발 꽃
그 사람 다가올 마음 아직이고
나는 다가설 용기 아직이다

다시 비 오는 날엔 머리에 인 가방 대신
한 다발 꽃을 무릎 위에 앉혀 두길
아직인 내 마음 고백할 수 있길

사랑 참 우습죠

저기요

다시 비가 오려면 얼마나 더 기다려야 할까요?

사랑의 전당

그곳에 사진을 걸어 둔 건 처음이었으니
아마도 나의 첫사랑은 그 아이였겠지

그 아이를 만나지 않은 날, 혹은 몹시 보고픈 날
나는 그곳으로 달려가 전당을 짓고 화려하게 가꾸었다
대부분이 그 아이와 상관없이 앞서가는 나의 마음이었고
현실과는 다른 조금은 끈적하고 아름다운 것들이었다
언젠가 함께 지어 올릴 성
나는 일찌감치 미리가 그 아이의 수고를 덜었고
핑크색 페인트로 온통 칠을 해 두었다
내가 지어 둔 곳, 그 아이가 오면 행복 주리라
밤낮없이 정원을 가꾸었고 꽃들을 예쁘게 피우고
아이의 마음에 들 만한 것들로 차곡차곡 거대한 성을 지었다

이윽고 그 아이, 나의 전당에 발 디딘 날
앞선 마음, 내 상상이 지어 낸 것들…
그제야 우린 서로 사랑하게 되었었다.
나의 처음 사랑
전당엔 아직도 핑크빛 담장 사이로
수없이 많은 꽃들 나풀대고 하트 모양 구름 둥둥 떠다닌다
담장을 스치는 바람도 핑크빛으로 물들어
처음처럼 그렇게 사랑하기만 하면 되었다

사랑 참 우습죠

안녕이란 말이 아직은 수줍은

가벼운 발걸음 콧노래에 발을 맞춘다
벚꽃잎 비처럼 내려 발아래 흩어지고
총총히는 발걸음보다 앞서간 마음
이미 너에게로 가까워지고 있다

반갑다고 손 흔들어 볼까?
달려가 안겨 볼까?
밤새 연습했던 가벼운 인사 한마디
입 밖으로 내지 못하고 속으로 삼킨다

반가워
보고 싶었어
잘 지냈지?
수줍은 미소에 담아 대신 전하는
아직은 수줍은 사이

태초의 아침

그날도 그랬을까

그렁그렁 이슬 맺히고

밤새 펼쳐 놓은 적막 밀어내며 떠올렸을까

하나님이 만든 태초의 아침은 지금과 달랐을까

너를 처음 만난 밤

알 수 없는 두근거림에 밤을 새우고

눈곱도 낄 수 없을 만큼 감아 본 적 없는 두 눈으로

난생처음 맞는 낯선 아침 너와 나의 최초의 아침

백야의 별자리

아침이 되었다고 지난밤이 사라지는 건 아니야
한낮보다 뜨거웠던 너와의 뜨겁던 밤은
쉬이 사라지지 않은 여운으로 남아
아침 해가 봉긋이 얼굴 내밀어도
내 마음속 지난밤 달이 여전히 떠 있다

내일 밤이 지나고 또다시 아침이 와도
나는 어제의 그 밤에 젖어서 헤매겠지
우리 아름다웠던 밤의 달빛은
총총한 별처럼 빛나던 너의 눈과 함께
낮보다 화려한 아름다운 밤으로 가슴 뛰게 하겠지

우리의 밤은 한낮의 이글거리는 태양보다 뜨거웠으며
오랫동안 지지 않을 백야의 가슴에
별자리 하나를 새겨 두었다

너의 달

낮에도 떠 있는 달이 있다
바다의 위성처럼 언제나 떠 있는 달
깜깜해져야 빛이 나는 달
들녘 어딘가에서 보는 달과 다르지 않은
바다 위의 달

외롭지 않냐는 시선 따윈 보내지 마라
누군가는 숙명 같은 일
가슴속 켜켜이 쌓인 외로움도
사나운 파도에 삼켜 보내고
비가 오는 날은 더 치열한 외로움 쏟아 내며
철저히 너를 위한 절규의 빛을 쏘아 댈 뿐

수많은 별 수런거리는 밤
노랗게 여물지 않은 달
금빛으로 가득 차올랐을 때
언제나 덩그러니 하나였었다

나도 그랬다

내 소원은 언제나 너를 위한 것

나를 위해 손 모아 본 적 없었으니
밤의 눈 가려 둔 암초에 걸리지 말고
희미하게라도 내 몸 태워 밝히거든
너는 다만 어두운 밤 뚫고 나가라

하루

새벽이슬 풀잎 끝에 흐느껴 울 때
동쪽 하늘 기지개 켜며 해 뜰 때
오늘도 너로 시작한다

정신없이 흘러가는 분주함 속에서
천사의 머리띠 머리 위 따라다닌다

서쪽 하늘로 기울어 가다
따라온 노을에 물들어 가다
떠난 줄 모르고 깜깜해지도록 맴돌다
잠이 든 후에야 잠시 쉬어라, 선심 쓰듯 하다
어느 날은 꿈속까지 따라온 성가신 나의 하루는
온통 너였어

사랑 참 우습죠

돌아오나 봄

꽁꽁 얼어붙은 찬 겨울 시리게 울리며 봄이 왔다
냉정히 굳어 버린 찬 응어리 세월조차 가둬 둔 것 같던
길고도 서러운 겨울이 거짓말처럼 울며 떠난다

두근거려야 할 심장, 멈춘 듯 고요해진 계절
바람으로 할퀴고 냉소적 얼굴로 외면하며
서늘하고 섬뜩한 오싹함에 움츠리게 하더니
잊은 듯, 잊힌 계절이 오고 있다 귀띔해 준다

고통이 정화된 결정체 쉼 없이 흐르더니
마침내 봄이 그렇게 떠돌다 돌아오나 봄

이윽고 봄처럼 내가 웃는다

로꾸거

마음이 조급할 땐
뒤로 걸어 봅니다
조급함에 넘어져 상처가 생길까
천천히 뒤로 걸어 봅니다

마음에 분노가 일렁이면
아름다운 글을 끄적입니다
입 밖으로 내는 말로 상처 줄까
예쁜 글로 나를 달래어 봅니다

마음이 슬플 땐
노래를 불러 봅니다
눈물이 새어 나와 더 슬퍼질까
노래를 흘려보냅니다

거꾸로 거꾸로
나의 마음을 뒤집어 봅니다
거꾸로 뒤집어 놓으니
슬퍼도 웃음이 납니다

사랑 참 우습죠

바람

억눌려 살아온 마음의 반항이
당신을 힘듦에서 벗어나게 하길…
다시 숨통 열고 살아갈 수 있길…

당신의 이유 있는 반항에
나라도 마음 보태어 봅니다

박차고 일어섰으니
뒤돌아보며 아파하지 말아요
외롭지 않게 지내길
구멍 난 가슴 손으로 막아 보네요

더는 하늘 보며 울지 말라
하늘 가려 우산을 폅니다

머리 위에 활짝 핀 꽃처럼
당신 미소가 번져 가길 바라며…

사랑 참 우습죠

손 위에 동그라미(말풍선)

사랑이란 손 위에 동그라미
불어 둔 풍선처럼 커진 마음
손 위에 올려 둔 동그라미

말하지 못해 담아 둔
손 위에 올려놓은 동그란 말풍선
너에게 건넬까 저 멀리 던져 버릴까
고민하다 발밑에 떨어진 동그라미

너는 몰랐을 손 위에 동그라미
전하지 못한 마음, 손에서 놓쳐 버린 동그라미
아닌 척 멀리 차 버린다
미련 없이 멀리 차 버린다

영화 같은 사랑

많이 사랑했을 거야 나를
너보다 나를 아꼈을 거야 너는
두 눈이 시렸을 거야 우리
매일이 감사로
매일이 행복으로
그렇게 살았을 거야

외롭지 않았을 거야 나는
많이 사랑했을 거야 너를
가슴이 벅찼을 거야 우리
순간이 아름답고
순간이 그림 같은
사랑을 했을 거야

우리의 사랑이 영화였다면

사랑 참 우습죠

사막의 밤

가도 가도 같은 길
끝이 보이지 않는 길
한 줄기 달빛에 기대어 헤매고 헤매다 길 잃고
막막한 길 찾기는 미로 속 헤매듯 제자리 맴돌고

이대로 죽겠거니 모든 걸 포기했던 순간
나처럼 길 잃고 헤매던 널 만났지
어쩜 이 길을 벗어날 수 있겠다는 희망

그때부터였어
달 언저리 소복이 별이 뜨고
너의 손잡고 함께 간다면 끝이 나올 것 같은

길 잃은 사막의 밤, 좌절하던 그때
문득 만난 너의 손잡길 잘했나 봐
나는 다시 꿈꾸게 되었어

너와 이 길을 벗어나 함께 돌아갈 수 있는 길을 찾자

사랑 참 우습죠

노크

나처럼
울고 있는지
아픈 밤 뒤척이는지
힘든 하루에 살고 있는지
그대는 괜찮은지
그대 마음을 두드려 봅니다
그대 괜찮은가요?

명자꽃

난도질당한 가슴에 선혈이 낭자하다
가슴에 흐르는 피는 온몸에 덕지덕지 피어올라
애절하게 웃다 서서히 그 잎을 떨군다

한 잎 두 잎 핏빛 잉태의 미소가 떨어진다
서럽게 피워 낸 잎사귀마저 내려놓고
야윈 가지 사이 통풍처럼 뼈마디 쑤시면
아팠던 기억도 힘겨운 미소도 모두 잊어 간다
기억하는 것이 두려울 만큼 피를 토해 냈던 건지
아무것도 기억해 내지 못한다

마른 가지 하얀 광목 천 걸쳐 주며
빨리 겨울 가고 봄 오길 바라지만
그 삶 다 기억해 내라 하지 못한다
지친 가지 삐걱대는 기억만큼 삐걱거리는 모든 것들
통증 같은 미소 더 바랄 수 없는 부끄러운 딸
더 아프지 말라 하얀 천 묻어난 거름 닦아 낸다

수분 다 빠진 마른 가지는 언제나 위태롭다
부러질세라 조심조심 닦고 좋은 기억의 양분을 주지만
명자꽃은 금세 또 잊는다

사랑 참 우습죠

꽃이 진 자리

나무가 잉태했던 떨어진 붉은 꽃잎

어미가 온 마음 다해 피워 냈다 떨궜던 남은 잎들

빈 가지 언저리 맴돌며 지켜 주는 일

곁에 있어 줌에 고맙다는 말 대신

힘겨운 손 흔들며 메마른 미소로 답한다

명자 씨는 여린 잔뿌리로 힘겹게 버티고 있고

나는 매일 감사의 기도를 드린다

나는 아직 움트는 몽우리 피워 내며

언젠가 당신이 찬란히 피워 냈을 그 꽃잎을 틔우는 중

먼 훗날 당신처럼 지고 지워질

선명한 생의 기억 놓지 않고 가겠노라

차곡차곡 뇌리에 써 내려가는 중

간신히 버티는 가지에도 젖내가 풍기고

오늘도 빈 젖 물며 엄마 엄마 떼쓰는 중

명자꽃이 시리게 지고 있다

명자꽃이 아프게 피고 있다

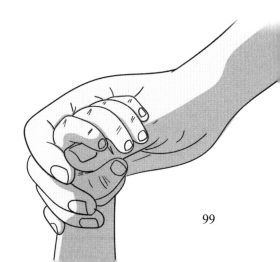

패러디

인생은 패러디
생각대로 살아지지 않아 더 흥미로운 삶
더 질퍽해지는 삶, 정밀하게 분석한다
새로운 의미로의 재창조는 반전의 전이
이상에 가까운 삶을 분해하고 분석해 나의 삶을 패러디한다
더 멋지고 재미난 요소를 군데군데 가미하여
보다 즐거운 인생 드라마 한 편 연출

질곡의 삶에 반전의 결말 넣고
빛이 없는 길에 스포트라이트 비추며
패러디의 슛을 외친다
인생이란 연기에 비련만 있으면
어찌 사랑을 말할 수 있으며 희망을 노래하리
인생 드라마 주인공인 나에게
한 번쯤 최고의 삶을 연기할 수 있도록 대본을 만든다

슛이다
누구보다 화려한 인생에
누구보다 즐거운 웃음을 주는 행복한 광대가 된다
내 생의 마지막 연기는
패러디 인생극장으로 마무리
생각대로 흘러가지 않는다면 짜인 대로 살아가자

사랑 참 우습죠

가을 애(愛)

가을을 좋아한다 해서 가을에 만난다
계절에 서서 말없이 눈물 재회하고
너와의 만남이 반가워서
이 계절이 쓸쓸해서
계절 가면 떠나갈 너를 생각하며
가을의 시작부터 이별까지
낮에는 소리 없이, 밤에는 소리 내어 운다

붉은 피 흘리며 추락하는 낙엽이 슬펐나
그 아픈 추락 바스락대며 짓밟는 발길이 아팠나
애처롭게 버티며 떨어 대는 아픔이 애처로웠나
겨울 오기 전 떠나야 하는 마음이 슬펐나
조금씩 차가워지는 바람이 미웠나

우리의 만남은 짧았지만
너와 나 흘린 눈물만큼 나눴던 긴 이야기
가을은 노래 되고 시 되고 추억된다
떠날 땐 돌아보지 마라
돌아설 땐 울지 않고 보내 주리니
우리의 겨울만큼은
시린 입술 활짝 피워 내진 못해도

입꼬리 닿는 만큼 웃으며 살자
너와 나의 가을은 충분히 슬펐으니
너와 나의 겨울은 행복하게 지내자

안녕 가을아
나는 여기 서서 기다리고 있을게

상상화

오늘도 마음으로 그대 그립니다
가슴 아픈 사랑 마음으로만 전해 봅니다

한평생 어긋나 돌고 도는 사랑
서로의 뒷모습 보며 애달픕니다

기다리다 지쳐 떠나면 그대 오고
그대 떠나면 한 발 늦은 내가 가고

볼 수 없는 사랑, 마음으로 그리는 사랑
아프고 아픈 사랑, 슬프고 슬픈 사랑

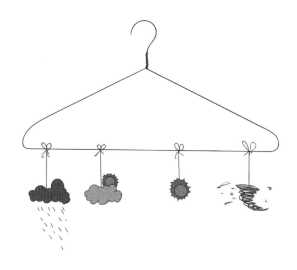

사랑 참 우습죠

이매방의 승무(僧舞)춤

하얀 고깔 머리에 쓰고 움켜 모은 몸
고운 선에 실어 서서히 일으켜 세워
장삼에 온몸 가리어도 마음속 깊은 고뇌
춤사위로 모두 벗어나 해탈을 구한다

긴 옷자락 휘휘~ 날리며 저 허공을 가르고
내딛는 발걸음 훨훨~ 나는 나빌레라
버선코 들어 발끝 올리고 내리니 사뿐도 하지
춤사위 날아올라 경이롭다

잔잔히 거듭되다 폭풍 일듯 거세지다
격해져 가는 춤사위 거침없이 날아올라
긴 소매 연신 곱게 허공 위에 펄럭이고
앞뒤로 넘나드는 버선발 가벼워진다

세상사 모두 잊고 선경(仙景)에 드는구나
종교적 경외감은 이미 해탈이 되고
북을 치며 절정에 이른 사뿐거림은
굿거리장단에 끝을 여민다

Part. 3

외로운 등대지기

한때
내 마음 몰라주는 네가 한없이 미워질 때면
바다 한 조각 떼어 내어 너의 마음에 옮겨 담고 싶었지
돌이켜 보면
나와 엇갈리기만 한 너의 속 좁음을 탓했던 내 마음도
작은 냇물조차 흐른 적 없었다

속 좁은 이해의 위협과 인간사 번잡함 뒤로하고
세상과 사랑으로부터 거리를 두고
초연해지려 단단히 동여맨 아픔과 마음, 어깨에 둘러맸다

어두운 세상 향해 빛 뿜는 희망의 그곳
나를 보호해 줄 유일한 안식처였고 고립이었다
끝없이 다가와서 부딪쳤다가 흩어지는 파도의 청량함도
햇살 머금고 불어오는 비릿한 짠 내음도 머잖아 낯설다

그날 이후
바다는 한 번도 나를 웃게 한 적 없었다
긴긴밤 빛을 밝혀 보아도 어둠의 감옥에 갇혀
일렁이는 숱한 고독함은 빛 잃은 외로움들
끝없이 건드리고 사라지는 아픈 출렁임들뿐이다

사랑 참 우습죠

어둠 속 항해하는 배들의 희망일 순 있었으려나
긴긴밤 새우며 견뎌 낸 외로운 시간과 수많은 밤
정작 내 마음의 항로를 잃고 캄캄한 어둠 헤매게 하네

바닷새 짧은 안부에 격정의 파고 높아져만 가고
묵묵히 들어주고 포용해 줄 것 같던 드넓은 바다도
퍼런 독기만 품어 보낼 수 없었던 지독한 내 외로움
등대의 낮도 밤처럼 어두워 길 잃고 헤매는 마음엔
한 줄기 빛 밝혀 줄 네가 없다

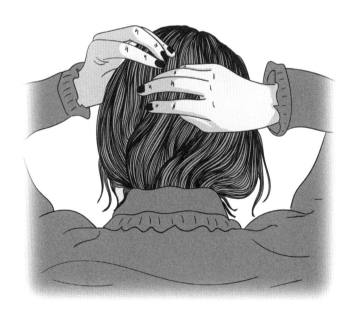

가을이 지다

모질게 입술 깨물고 돌아서 떨구던 눈물처럼
돌아선 나무가 아픈 눈물 떨군다

한적한 공원 어느 가로수 아래 빈 벤치에 가을이 진다
잔물결 위 눈물 한 방울 떨구며 호수의 가을이 진다
보닛 위에 소복한 상처들, 베란다 밖 주차장에 가을이 진다

가을이 슬프게 질 때, 부는 바람 탓할 수 없듯
바람처럼 지나는 인연의 널 어찌 탓할까

가을이 바스락거리며 속삭이는 말
낯설지 않은 그리움 서성이는 건
마른 눈물지어 짜내며 텅 비우고 가는 건
잊히는 게 서러워서란다
지는 것이 아니라 머물다 가는 거란다
너도 그랬을까
잊히는 게 서러워 머물다 가는 길
그리움 서성이게 남겨 두고 떠났나

가을이 진다
가을처럼 네가 진다

사랑 참 우습죠

바람처럼 지나가라
서성이는 그리움 남김없이

같은 곳을 본다

그는 어두운 밤하늘의 뒷모습을 바라보고 있었다
나는 다가서지 못하고 그의 뒷모습 바라보았고
새벽은 그런 나의 뒷모습을 바라보았다

우리는
마주 보면 할 말이 많을 것 같아 돌아 세우지 않았다
가슴에 묻고 돌아선 마음 뒤 긴 그림자 보며
축축한 마음 침묵으로 위로한다

나는 흐릿한 새벽을 어깨로 밀어내고
그는 내 머문 자릴 밀어내고
어둠은 그를 밀어내었다

우리는
부딪치면 아플 것 같아 한 발 서둘러 자리를 뜬다
바라보았던 뒷모습만 기억하며
한 걸음 한 걸음…

사랑 참 우습죠

사라진 기억

부서진 조각 주워 담아
추억의 기억을 조립한다

아름답던 기억 잊혀 가는 게 서러워
부질없는 수고로움 온몸으로 보태도
잊고 살라 하는 건지
더는 맞춰지지 않는 그리움의 조각들

아득히 사라진 기억은
너를 떠올리기 힘든 부서진 추억

유기

그대가 낯선 길에 나를 버리고 갔을 때
한참을 그 길에 서서 그댈 기다렸어요
기다리면 그대가 다시 올 것 같아
한 발짝도 떼어 내지 못하고 비 맞으며, 눈 맞으며

그대에게 유기된 채 모진 시간 버티며
기다림, 그리움으로 뒤엉키고 뭉쳐진 마음
낯선 이 손에 이끌려 새 옷 갈아입고
상처 난 마음에 약 바르며 따뜻한 손길 받아도

사랑을 잃은 내게 다가온 사랑
더욱더 그댈 생각나게 하는 아픔으로 돌아오네요
내 병원은 그대인데 치유되지 않는 아픔
초라하게 겉모습만 행복해 보이는 유기견 같습니다

밤이 오면 그대가 옵니다

밤은 늘 그렇듯 그대를 내 앞에 불러다 앉혀 두네요
하루의 끝을 슬픈 혼잣말로 내뱉게 하는
대답 없는 그대와의 밤을 지새우게 합니다
언제나 일방적인 대화입니다

추억의 되새김질 습관처럼 배인 슬픔
더 얼마를 사무치게 울어 내야만이
상한 가슴 깨끗이 씻겨 낼 수 있을 만큼
축축한 가슴 무뎌지고 단단하게 말라 갈 수 있을까요

넋 나간 상처는 우두커니 내 안에 서서
홀로 어둠에 허덕이게 하다, 지치게 하다
절망에 길들여진 애처로움조차 떠안고 마는
빈 가슴 긁어 대는 상처로 남아 버려요

그러다 어떤 날
또 밤이 오면
이런 슬픔조차 천천히 흘러가길
밤을 주워 먹은 별처럼 그리움 주워 먹고
초연히 아침을 맞이하기도 했습니다
밤이 오면 늘 그렇듯 당신이 찾아옵니다

사랑 참 우습죠?

원치 않은 사랑
허락도 없이 마음대로 하고
원치 않은 약속
싫다는 관심
제멋대로 주고는
어렵게 마음 열었더니
이제 와서⋯⋯

달면 삼키고 쓰면 뱉는 사랑
달콤한 말만 사랑이라 하면
그래요
당신을 사랑하지 않았나 봐요
어렵게 입 열었더니
이제 와서⋯

가벼운 약속
가벼운 사랑
새털 같은 그대 마음
아닌 줄 알면서 사랑했네요
그래요
사랑이라 믿고 싶었나 봐요

사랑 참 우습죠?

다가가면 멀어지는……

그래요

사랑 너무 우스워서

그 사랑 더는 하지 않으렵니다

듣기 좋은 말

보기 좋은 사랑

그저 그런 사랑

그래요

사랑 참 우스워서

그 사랑 더는 하지 않으렵니다

기도

나의 기도는 언제나 당신을 위한 기도였습니다
당신을 아프게 한 내 죄를 회개하고
당신을 용서하길 진실하게 기도했습니다

나의 기도는 언제나 당신을 향한 기도였습니다
당신에 대한 분노와 책망을 탄식하며
당신으로 인해 살아온 고난의 시간
뜨겁게 뉘우치고 후회하는 기도를 했습니다

당신을 향한 수많은 나의 기도는
단 한 번의 응답도 없었습니다

나에게 신이 존재하긴 했었을까요
만약 신이 있었다면
나의 기도는 이토록 길지 않았겠지요

사랑 참 우습죠

그리움

그리움은
더는 볼 수 없는 사람이고
지나간 추억이고
남겨진 아픔이다

골목 식당

입구 모퉁이 향초 다방을 꺾어 들면 식당 하나가 있다
그 옆집이 우리 집이다
아침부터 저녁까지 음식 냄새가 배고픈 코를 자극하면
군침을 삼키며 침 반 물 반으로 배를 채웠다

하루 종일 손님 여덟 명으로 정해진 우리 집과는 달리
골목 식당은 늘 북적거렸고 냄새가 맛있었다
하루 세 번 때맞춰 밥이 나오는 우리 집과 달리
골목 식당은 저녁 늦게까지 밥 먹는 사람들이 드나들었다

철근도 떡볶이처럼 씹어 먹을 나이
나는 종일 코로 밥을 먹었다
연탄불에 구운 불고기는 코로 먹고
김치에 된장찌개 하나를 입으로 먹었다

골목 식당 메뉴판을 냄새로 펼친다
주문한 적 없는 갖가지 음식들이 차려지면
꼬르륵 소리까지 먹고 먹는다
퇴근하신 엄마가 돌아오시면 매일 같은 메뉴를 놓고
더 늘어나지 않는 손님 여덟이 식사를 한다

사랑 참 우습죠

오래된 편지

어쩌면 그대를 잊기 힘들어했다기보다
행복했던 그때의 나를 지우기 힘들었나 봐요

그대를 추억하며 그리움을 키워 갔다기보다
그때의 추억 속에서 나를 데려오지 못해서인가 봐요

어쩌면 그대가 미워져서라기보다는
그곳에 머물러 있는 내가 더 미워서 아픈 건가 봐요

이제야 펼쳐 본 오래된 편지 하나
내가 그대를 많이 사랑했나 봅니다

낮달

눈부신 유혹은 눈을 멀게 했다

언제나 내 머리 위에서 나를 지키던 너
눈에 보이지 않는다고 존재를 부정했나 봐

눈에 보여야만 그 존재를 알아 가고
마음으로 느껴야지만 사랑이라 믿는
어리석었던 내 마음
한낮 이글거리다
밤이면 싸늘히 식어 버리는
태양에 지나지 않았다

잠 못 드는 밤

한 뼘 남짓한 조명 빛 아래 팔 베고
달 없는 하늘만 뚫어져라 바라보다
새어 들어오는 달빛 희미한 밤
애꿎은 조명등 껐다 켰다
성가신 헛손질 허공 가로지르고
차라리 눈을 감자
차라리 눈을 뜨자
의미 없이 깜빡이는 눈
뒤척임에 신음하는 조명등
갈 곳 잃은 어수선한 손짓
아침보다 더해진 통증
밤에게 묻는다
너도 아프니?

사랑 참 우습죠

이기적인 그리움

그리움에 비틀거리는 이 한 몸 기댈 곳 없어
소리 내어 울어 봐도 버리지 못한 숱한 여운
끝없이 추락하는 외로운 절망도 사랑하려
슬퍼하지 않을 이유 찾아 채워 내던 마음

겨울인지 봄인지도 모를 우리 사랑 너무 시려
가슴을 온통 초록색으로 물들여 본다

어느 계절인가에 머물러 있던 그날의 아픈 추억은
기억 저편에서 왜 이리 잦은 바람으로 불어오는지

얼룩진 기억과 추억의 되새김질 너무 아파
가슴 저미도록 아픈 그리움 옷깃으로 여미고
결코 길들여지지 않으려 단단히 조인 마음

미안해
나 편하려고 가끔 널 그리워했어

너에게 묻는다

이만하면 아름다웠을 우리 사랑
이만하면 웃으며 헤어져도 좋을 이별
그때도 지금도 우리 충분히 애쓰지 않았을까?
조금의 미련과 아쉬움일랑 추억으로 남겨 두고
이만하면 서로의 행복을 빌어 줘도 괜찮을 우리
이만하면 꽤 괜찮은 사랑이었지?

사랑 참 우습죠

억새 바람

유연과 가변 자랑하듯
꼭 너 같은 마음 살랑거리면
잘 빠진 여린 얼굴
이리저리 흔들며 건조한 가슴 아프게 할퀸다

가벼운 마음 사방으로 흩어져도 부러지지 않는 강한 정신
좌절에 꺾이는 건 나뿐인가 하고
하늘 가까운 산언저리 금빛 물결에 홀린 듯 모여드는 시선
못마땅한 것도 내 사랑뿐인가 한다

지천에 널린 유혹 뿌리치지 못한 헤픈 마음
부러져도 좋으니 지조 있는 몸짓으로 나만 바라봐 주길…

바람이 서럽다
눈부신 햇살 금빛 스며 흔들리면
아름답다 취해 버린 마음 주체 못 하고
바람 바람만큼 가벼운 네 마음, 내 마음도 다를 게 없다

더 불어라 바람아!
차라리
그 속에 들어가 함께 흔들리며 유혹하리

그대가 그리운 날엔

그대가 그리운 날엔 바다로 갑니다
이만치 멀리서 그대를 보듯 바라보아요
그때의 발자취 기억하듯 떠다니다
파도는 뇌리로 그대를 몰고 옵니다

하늘과 맞닿아 경계 지운 짙은 바다
깊이를 가늠할 수 없는 건 내 외로움과 닮아 있네요
그대 보고파 목 놓아 부른 메아리 시퍼런 바단
노을을 삼키고 빨갛게 피로 물드는 듯합니다

돌아서려 해도 놓아주지 않고
좀처럼 잠들지 않는 바다
잠꼬대 같은 파도를 늘어놓고서야
고요히 잠듭니다

어제처럼 파도는 오늘을 지우고 가네요
그날처럼 오늘도 그대를 지우고 가라네요
바다가 아름다운 그날에
그대가 그리운 그날에
남겨 두었던 그대 발자취 따라 다시 올게요

사랑 참 우습죠

사랑의 온도

외로워 보이는 사람
오늘도 일만 하다 빈집 지키며
고독한 밤에 뒹굴다 쓰러질 하루
무엇으로 위로받고 견디며 사는지

외로운 사람
너만 생각하다 다 저문 하루,
밤의 끝을 잡고도 생각 놓지 못하고
무엇으로 위로하고 다가설지

감정조차 없는 사람
그 흔한 안부에도
한결같이 무뚝뚝한 온도 없는 말투
무엇으로 마음의 체온을 데울까

감정 타는 사람
싸늘한 입김에도
가슴 시리게 떨고 있는 한파 특보
무엇으로 이 떨림을 잠재울까

사랑 참 우습죠

변함없이 외롭고 고독한 사람
변함없이 고독하고 외로운 사람
서로의 마음이 달라 다른 온도
어떻게든 가까워질 수 있기를

빨래

묵은 감정을 물에 담근다
찌든 마음 비누질하고
치대고 치댄다

검은 구정물이 빠져나가고
맑은 물 나올 때까지
헹구고 헹군다

남은 눈물 한 방울까지
힘껏 비틀어 짜
구겨진 마음 탈탈 털어 낸다

너덜너덜해진 마음
햇살 아래 걸터앉아
젖은 마음 바짝 마를 때까지
바람에 흔들리다 쉬었다 한다

뽀송뽀송한 마음
달콤한 향기에 취하고 싶은 날엔
빨래를 한다
내 마음을 깨끗이 빨래한다

사랑 참 우습죠

새롭게 갈아입은 마음
묵혀 둔 감정에 더럽혀질 때까지
묵히고 묵혔다
나는 빨래를 한다

그때는 몰랐던 마음

너를 다 알지 못했을 땐
두근두근 설렜던 마음

너와 익숙해져 갈수록
무뎌져 멀어져 가던 마음

그저 그렇고 그런 마음들
그냥 그랬던 마음들

너를 보내고 다시
그리워 아련해지는 마음

그때는 몰랐던 마음

밤을 걷는 그림자

널 따라갔지
더 가까워지려나 하며
널 보며 정신없이 앞으로 앞으로
널 쫓아 한참을 그렇게
널 따라갔지

날 따라왔지
더 멀어지려 달아나 봐도
내 뒤에 붙어서 뒤로 뒤로
날 붙잡고 드러누워 따라오지
날 따라왔지

밤을 걷는 달빛 그림자
매일 가깝지도 멀지도 않은
거리를 두며 항상 거기에 서서
도망가고 따라오며
앞에서 뒤에서
밤을 걷지

사랑 참 우습죠

짧은 편지

그대에게 하고픈 말이 너무나 많습니다
가슴에 가득 찬 말들을 어떻게 꺼내어야 할까
썼다 지웠다 구겨진 종이만 수북이 쌓입니다

밤이 별을 삼키고 새벽의 이슬로 젖어 올 때까지
나의 마음 제대로 끄집어내지도 못한 채
망설이다, 머뭇거리다 지우고 지워 냅니다

하얗게 새워 버린 어둠을 보내고 그대에게 편지를 씁니다
사랑하는 그대에게
짧은 한마디 채우고 마음으로 써 내려갑니다

사랑 참 우습죠

그런 때

널 필요로 할 땐
한 발짝 뒤로 물러서서 외면했던 너
날 찾을 땐
지친 마음 돌아서 떠나던 나

풍요 속 행복할 땐 다른 시선에 눈 맞추고
빈곤의 허전함엔 내 시선을 쫓아오는
참으로 이기적인 너

나의 마음 구걸 나선 네 모습 못나고 못나
이제 와서 가랑이 잡나
못 볼 꼴 그만 보리
이제 난 혼자여도 괜찮아질 때

멍하니

한참을 서 있었다
그대 떠난 그 길에 멈추어 서서

멍하니 바라보다
그대 발자국 위 내 걸음 얹어 본다

발자국 끝에
그대가 서 있길 바라며

사랑 참 우습죠

기억 너머로

부서진 추억의 조각 주워 담아
그리움 만들어 간다
너 때문에 흘린 눈물방울 주워 담아
이별 강에 흘려보내고
기억 너머 있는 너와의 모든 추억들
한 땀 한 땀 꿰매어 펼쳐 둔다

한 편의 슬픈 영화는
관객 없는 뇌리란 영화관에서
자꾸만 되돌려 보게 하는 슬픈 파노라마
보고 또 보고 되감아 봐도 처음 본 듯
슬퍼지는 사랑 이야기

기억 너머로 보내고 싶지 않은
나의 옛날이야기

Part. 4

delete

참 많이 아끼고 사랑했었습니다
익숙했던 그 사람
곁에 없다는 게 익숙해지지 않네요
그는 익숙해지려 노력하며 사는데
나만 이렇게 낯선 어색함에 불편한가 봅니다

그나마 내가 그에게 할 수 있는 건
우리의 사랑 아름답게 기억할 수 있도록
깨끗이 잊어 주는 일이겠지요
그에게 나란 사람 추억이 될 수 있게
조금만 참으면 돌아올 거란 미련도
그 사람 전화번호도 지워 냅니다

붙잡아 주지 않았던 냉정한 그대
이별 후 전화 한 통 없던 모진 그대
그 많은 아름다운 날의 익숙함도
짧은 혼자인 시간의 어색함과 맞바꾸고
태연히 살아가는 차가운 그대 지워 냅니다

언젠가 지금의 서러움과 원망의 시간 모두 지워 내고
아픈 기억조차 도려내고 나면

사랑 참 우습죠

멀지 않은 날
그대도 나의 기억에 아름답게 추억되어 있겠죠
그나마 그댈 위해 내가 할 수 있는 건
떠난 그대를 지우고 사는 겁니다

그해 여름 집중 호우

그해 여름
그대와 이별하던 날

마른 가슴에 천둥 번개가 치고
감당할 수 없는 장대비가 내렸지
온통 젖은 채로 주저앉아
흠뻑 젖은 가슴 눈물로 흘려보내며
떠난 그대를 원망했어

오랜 시간 긴 장마가 이어졌지
슬픔에 젖어 들지 않으려 우산을 펼쳐 들어도
가슴에 내리는 집중 호우엔 속수무책
그저 쏟아지는 굵은 빗줄기에 온몸 내맡기고
수시 때때로 내리치는 번개에 정신 놓으며
빈 가슴 젖어 들면 무거워진 가슴 끌어안고
견디고 버티며 그런 시간에 살았지

물안개

수면 위에 떠 있는 건지
내 발아래 가라앉은 건지

밤새 뒤척이던 파도 위에
네 마음 다 안다
이만하면 됐다
잠시 눈이라도 붙여라
홑이불 덮듯 물 위를 덮었나 보다

모래사장 푹푹 들어가는 발처럼
짓물러 버린 마음 그대로 두지 말고
걷어 내고 차 내라
그만하면 됐다
빈 깡통 나뒹굴듯 내려앉았나 보다

방울방울 온 힘으로 뒤척인 몸부림
다 알지도 못하면서 다 아는 듯
하얗게 피어오르다 자욱이 깔리어
위로 같지 않은 위로로 흩어 놓은 마음
눈물처럼 모아 무겁게 멈추어 세운다
안개 피어오른 이른 새벽

우산 없이

그냥 걸었다
온몸 흠뻑 젖도록
술 취한 듯 무거운 발걸음
젖어 가며 내디뎌 간다

울고 싶었다
내리는 비에 흠뻑 젖어서
눈물인지 모르도록 타고 흐르게
빗물에 섞어 흘려보낸다

우산 없이 휘청거린다
걷기 좋은 날
울기 좋은 날
핑계 좋은 날
우산 없이 그렇게 걷는다

사랑 참 우습죠

해시태그

한 줄 핫이슈 같은 단어로 하루를 요약한다
후회였다가 만족이었다가 한 오늘
앞다투어 오르락내리락거리는 하루를 들춰 본다
아무도 관심 없는 키워드, 나의 24시간

#나의 하루
#오늘 하루

언젠가부터 텍스트는 해시태그가 되고
그조차 관심 밖의 삶을 살고 있는 듯
누구에게도 언급되지 않은 날을 오늘도 열심히 살아 냈다

만족스러운 일상이 행복으로 다가오는 날
두고두고 마음속 1위로 들춰 보며 웃을 날
나의 실시간 검색어
다가올 그날을 검색하기 위해 한 발짝 더 떼어 낸다

#만족한 하루
#드디어 성공

절망에 잠식당하지 않기

그는 언제나 자기애가 강했고
나를 자신보다 아래에 두었다
자신을 아꼈지만 타인을 존중할 줄 몰랐고
자신의 얘기에 집중하며 침을 튀겼고
타인의 말에는 철저하게 귀를 닫았다

대부분이 자기 자랑과 허세였으며
나의 마음에 사포질을 행하는 말들이었다
돌아서 집으로 오면 사포질에 긁힌 마음
나는 나를 탓하며 더 굵은 사포질로
나의 마음에 아픈 상처로 피 흘리게 했다

모든 것들은 나를 절망에 가두었고
나는 스스로 일어서 나오는 법을 모르고
상처받은 채로 아파하며 절규했다
누군가 먼저 손 내밀어 주길 바라며
단절과 회피로 철저히 고립된 채

스스로를 가두는 것이 두려웠다
절망에 잠식당해 앞으로 나아가는 법을 잊은 채
평생을 살아가는 게 더 겁이 났다

마음속에 쳐 둔 검은 암막을 젖히고
조금씩 내 안의 절망에서 발을 떼어 냈다

언제고 딱지가 떨어지리라 믿으며
다시 부딪친대도 결코 주저앉지 않고
맞서 싸우며 이겨 내리란 마음으로
절망에 포식당하지 않으려, 잠식되지 않으려
나는 일어서야만 했다
오랜 시간이 지나고서야 비로소…

깊은 떨림

가벼운 걸음 총총이며 너에게 가던 날,
아직도 선명한데 그때
온 우주가 나를 향해 쏘아 대던 찬란했던 빛과
나를 중심으로 돌아갔었던 모든 것
벅차올라 날뛰던 가볍디가벼운 떨림이었어

회색빛 어둠 짙게 내리깔리고
달빛조차 숨어 버린 적막의 밤
홀연히 너 떠나고
까만 밤이 새벽을 잉태하며 신음하는 동안
내 깊은 떨림이 멈추지 않았던 걸 너는 아니?
새벽을 꾹꾹 밟으며 서성이던 내 무거운 발걸음

그제야 보이는 거야
꼭 내가 아니라도 세상은 돌아간다는 게

사랑 참 우습죠

너이길 바랐던 이유

누군가 한 사람을 사랑해야 한다면 꼭 너이길 바랐지
감수성 짙은 사춘기 시절의 사랑이란 감정 잊지 못해
평생 한 사람만 사랑해야 한다면 너라면 했었던 이유

누군가 한 사람 죽도록 미워해야 한다면 꼭 너여야 했었지
내 전부를 주었던 사랑 지켜 주지 못한 너라서,
그런 너라서
평생 한 사람 미워해야 한다면 그 사랑 놓아 버린 너였기에

너이길 바랐던 이유, 너여야만 했던 이유
내가 아니라도 넌 행복에 살 테지만
가슴에 든 멍 하나 지우지 못하고 사는 나라서, 그런 나라서
사랑도 미움도 꼭 너이길 바랐던 이유

새벽

차마 떠날 수 없어 지켰던
너의 방 베란다 창틀 위
밤새 켜 둔 불
또 얼마나 울었을까

어둠 가실 때
열린 문틈 사이 흘긴 눈에
뒤척이는 몸부림
너 아직 잠들지 못했구나

해 뜨면 덜 외로우니
떠날 채비 서두르고
몰래 본 네 모습 못 본 채 떠난다

새벽녘 너 대신 울어 줄 바람도
네 눈물 말려 줄 바람도
간간이 너를 찾아 드니
이제 날아가련다

너 힘들 적에 조용히 날아와
늘 그랬듯

아침이 올 때까지
너의 방 베란다 창틀 위에서
달빛에 기댄 너를 볼 테지

너 잠든 후에 멀리 날아가
못 본 척 삼킨 눈물
너 못 보게 울고 올 테야
새벽이 그때야

으레

그대 없는 채로 불편한 이 밤
뜬눈으로 어두움 밝히며
편치 않은 아침을 맞아요

으레 그랬던 것처럼
밤을 삼켜 버린 두 눈은
아침의 이슬로 토해 냅니다

창틀에 낀 해가
비좁다 기지개를 켤 때도
아직 깜깜한 밤을
멈출 줄 모르고 토해 냅니다

게워 내고 게워 내도
울렁거리는 아픔은
밝은 밤 깜깜한 아침을
또 으레 그렇게 보내게 합니다

사랑 참 우습죠

두 개의 그림자

길을 따라 걸었다
아니,
너의 발밑에 누운 그림자를 따라 걸었다
적막한 밤 내뿜고 가로등 사이 모든 것이 누워 있었다
끝내 뒤돌아보지 않는 너는
무얼 되뇌며 걸음을 떼어 냈을까?
화 난 듯하다 슬픈 듯하다 포기한 듯한 뒷모습
네가 지난 자리 밟으며 참아 왔던 눈물 흐를세라
깜깜한 하늘, 깜깜한 땅 번갈아 보며
네 뒤를 따르는 두 번째 그림자

그림자 하나가 흐느낀다
사랑한 시간 전부를 원망하듯 휘청거리다
추억을 하나둘 내려놓듯 멈칫하다가
검은 어깨를 들썩인다

그림자 두 개가 울부짖는다
앞선 하나 돌아 세우지 못하고 울어 댄다
간간이 낯선 발길에 밟혀도 아프지 않은 듯
지나가는 짧은 스침쯤이야 개의치 않고 걷던
너의 그림자가 흐느낀다

　　　　　　　　　　　　사랑 참 우습죠

보폭 맞추며 뒤따를 뿐, 손 내밀어 봐도 잡히지가 않아

딸깍 문이 닫히고 그림자 하나 사라진다

멍하니 자리에 누운 굳은 그림자 하나 희미해지고

홀로 집으로 가는 길

쫓아가던 것도, 따라오던 것도 사라진 새벽

뿌연 입김 내뱉으며 눈물 녹여 낸다

사랑은 끝났다

아무런 말도 없었다
긴 침묵의 시간 어색한 초침 하염없이 째깍이고
빈 찻잔 만지작거리며 시선을 뉘었다

아무런 말도 못 했다
사랑해서 헤어지자는 설득력 없는 말
납득되지 않는 인정을 하고 말았다

더는 사랑하지 않는다 말했다면 웃으며 보내 줬을 텐데
사랑한다며 헤어지자는 말에 말문이 막혀

우리 그만 헤어지자
이별에 더 무슨 말이 필요하겠니?
말 없는 네 사랑 ing가 아니라
Love is over라는 걸
나의 눈 쳐다보지 않는 널 보며 알아 버렸다

아무 말 없이 일어서자
사랑은 끝났다

위로

너의 위로가 위로가 되지 못할 때
차라리 말없이 옆에만 있어 줘도
큰 위안이 된다는 걸 알아줬으면

어설픈 위로로 쓰린 속 파헤쳐 놓는 것이
언짢은 심기 더욱더 편치 않게 한다는 걸
너의 생각 없는 생각이
내 생각을 어지럽힌다는 걸 알아줬으면

애써 웃으려 헛헛한 웃음 겨우 쪼개어 내는데
나보다 더 슬프게 울며 눈물 콧물 짜내는 것이
겨우 추슬러 가는 마음에 불을 지피는 일임을 알아줬으면

가장 따뜻한 위로는 말이 아니라
대신 울어 주는 것이 아니라
그저 손 한 번 잡아 주며 체온을 나눠 주는 것
말없이 침묵해도 조급하지 않게
내가 말할 수 있을 때까지 옆에 있어 주는 것

너의 위로가 위로가 되지 못하고
아픈 나의 속 다 뒤집고 헤집어 놓을 때
나는 더 절망한다는 걸 알아줬으면

백야(白夜)

둘이 함께일 땐 조화롭던 것들이
혼자일 땐 한쪽으로 기울어진다
너와 함께할 땐 잘 지냈던 일상
혼자 되니 절룩거린다
너 없는 나의 하루가 기울어졌다

나는 중심을 잃은 자전축이 되고
한밤의 태양, 하얀 밤이 계속된다
뜬눈으로 지새우는 하얀 밤
태양같이 뜨거운 눈물 쏟아 내며
긴 밤도 낮처럼 밝다

그러다 더욱 힘들어지는 날엔
낮도 밤처럼 새까맣고 서늘하게
어두워지는 극야(極夜)가 된다

장마

며칠 쉬지 않고 울고 있네요
내 마음처럼
온통 질펙한 그리움 쏟아 내며
며칠 저렇게 목 놓아 울어요

밤 되면 더 크게 울어 대는 것도
내 그리움과 같은가 봐요
쏴아~ 쏴아~ 앞도 보이지 않는
눈물 쏟아 내며 저렇게 울어요

비 온 뒤 하늘이 더 맑게 갠다죠
차라리 실컷 울어 버리고
쨍하게 맑은 마음으로 살아 볼래요
이만큼 울었으면 그칠 때도 됐잖아요

독백

둘이어도 혼자 같던 사랑
혼자일 땐 더 혼자 같던 사랑
그 사랑 외로워 돌아서요

오랜 시간 마음 준 사랑
상처로 돌아와 아팠던 사랑
그 사랑 서러워 돌아서요

외롭지 않을 사랑
아프지 않을 사랑
떠나면 할 수 있을까 돌아서요

지키지 못한 약속 하나

가슴 깊숙이 묻어 두고 잠들게 한
일방적 불이행의 영면은 무명의 번뇌
연체된 기록을 청산하려
손톱이 닳도록 파헤쳐 오래된 어음 하나를 꺼낸다
한평생 불면의 중심이었던
청산치 못한 어음 들고 이자 떼고 갚는다
못마땅한 추궁,
그 하나 지키지 못해 세월에 빚진 내가 미워진 시간들

오래된 약속 불러들이는 의식의 시작
마음의 무덤 속 깊숙이 묻어 둔 번뇌를 떠나보낸다
평생 잊지 않겠다는 약속
평생 묻고 살면서도 지키지 못한 그 약속 하나

포효하는 것들

포효하는 날것들의 울음소리는 언제나 섬뜩하다
목숨 건 세렝게티의 질주는 죽거나 살아남거나
피를 봐야만 찾아드는 평화도 잠시
삼엄한 경계는 쉼이 없다

너의 포효는 날것의 그것과 다르지 않아 곤두세워진 신경전
나의 경계도 평화와는 멀어져 삼엄하다

묵혀 둔 울분의 울대를 치켜들게 한다
멈출 줄 모르는 질주를 피해 내달리는 도망자
기어이 가슴에 피를 흘린다
삼엄했던 경계는 쉽게 허물어지는 부질없는 것

날카로운 이를 드러낸 짐승의 울부짖음
너에게서 나를 지키기 위해서가 아니라
나의 너를 지키기 위해 울부짖었을 뿐
가슴에 피가 흐른다

경계가 느슨해진 건 지킬 누군가가 없기 때문이다

사랑 참 우습죠

솜사탕

하얀 설탕 물레질하면
나무젓가락에 폭신한 구름 한 점이 걸린다
할아버지는 구름 만들어 보기 좋게 걸어 두고
아이들은 손 뻗어 구름을 잡으려 폴짝거린다

일정한 모양이지만 크기는 조금씩 달라
조금이라도 큰 것을 가지려 눈을 굴린다
햇볕 아래 걸어 둔 구름 하나 낚아채 한입 베어 문다
구름이 사르르 녹는다
움푹 베어 문 구름 속으로 햇살 새어 들어가면
나는 손 들어 구름 사이 햇살 담아
바람 부는 대로 이리저리 흔들어 보다가
입으로 구름을 녹인다

찐득한 나무 작대기 하나 남으면
눈 찡긋하며 하늘 위 손 뻗어 구름 끝에 놓아 본다
저 구름도 한입 베어 물면 사르르 없어질까?
아무리 손 뻗어도 감기지 않는 구름
내버려 두고 총총 걸어간다

할아버지 구름 가게, 물레질에 구름 하나가 걸리고
아이들의 입, 구름 아래 마중 나와 침을 삼킨다

사랑 참 우습죠

오계절

사랑이 서럽다
기약 없이 끝없는 기다림
아픈 가슴 동여매도
삐져나오는 슬픔
떠난 뒷모습 희미해져
그마저 잊힐까 서럽다

계절처럼 떠나도
때 되면 돌아오는
약속이면 좋겠다
사계절 모두 그러했듯
기다리면 오는 거면 좋겠다

아니,
오지 않는 계절이면 좋겠다
봄, 여름, 가을, 겨울
사계절 약속이지 않고
처음부터 오지 않고
떠나지도 않을
없었던 계절처럼
사계절이 아니면 좋겠다

내 사랑은 오계절 중

다섯 번째

오지 않는 계절

처음부터 오지 않고 떠날 일 없듯

모르는 계절이면 좋겠다.

또 비

내가 세상을 모르는 게 아니라
세상이 나를 모르는 거야

내가 잘못 사는 게 아니라
세상이 잘못된 거야

있지…
내가 잘못된 거라 쳐

근데 이렇게 억울해?
왜 마음에 또 비가 오니?

　　　　　　　　　　사랑 참 우습죠

마음의 겨울

못 본 척하려니 시리다
떠나는 이유 알고 싶어 하는 너에게
입 다문 까닭일랑 마음에 묻어가리

어긋난 톱니는 애써 끼워도 맞물리지 않음을
장황하게 설명할 필요 없다
이유를 말할 수 있었다면 시린 마음 조금은 후련할 것을
그마저 외면하고 돌아서려니 더 시리다

빛의 산란에 가을 하늘 더 파랗듯
너와의 산란 내 가슴 더 파랗게 하고
곧 우리의 겨울이 임박했음을 너만 모르지
이미 굴절된 관계에서의 산란은 폭풍전야
더 큰 비바람 피해 가는 길임에도 돌아서는 발길이 시리다

최면

눈을 감고 심신을 이완시킨다
하나, 둘, 셋, 넷… 레드 썬
어느 시절의 심상 체험

먼 옛날 어느 나라 공주였으며
모두가 내 앞에 조아렸고
당연한 듯하는 어색한 내가 있다
코르셋으로 졸라맨 개미 같은 허리
무거운 드레스
잦은 파티가 끝이 나면
나만의 성에 갇혀 외로운 여자

살얼음판을 걷듯 위태로워 보이는 여자
그녀가 울고 있었다
아니 내가 울고 있었다

가장 아프고 슬펐던 순간
행복했던 순간
냉탕 온탕 같은 체험의 반복
레드 썬

사랑 참 우습죠

그는 나의 어떤 이상심리를 찾아냈을까?

생각보다 머리가 맑다

최면실 문을 열고 본 현실
나는 다시 최면을 건다
금방 지나갈 일들이야
레드 썬

비가(悲歌)

그대 떠나는 날
한 점 바람 없이 고요했던 밤
떨군 눈물방울만큼 하늘에 별이 떴었죠
힘없이 기댄 가로등 불빛마저
지친 듯 꺼져 버리고
어둠 속에 혼자 외로이 흘린 눈물

그대 떠나고 난 후
유난히 깜깜한 어둠 속에서
한 오라기 빛도 허락치 않은 건

내 마음도 그러해서일 테죠
바래져 갈 추억 저 어둠 속에 던져두고
나 그냥 이대로 까만 속 껴안고 살아요

이름

가슴 깊이 파고 묻었다
슬픔으로 봉분을 쌓고
그리움의 풀들 삐죽이 자라나
아픈 꽃 한 송이 고개 숙이고 피어도
무덤 앞에 우는 건 나 혼자

그대를 가슴에 묻고 평생을 살아도
그대란 이름 목 놓아 부르고
그대 이름 그리는 것은 나 혼자였으니
그 이름 묻힌 곳 나만이 슬퍼라

이름 하나 가슴 깊이 묻고
오지 않는 세월과 떠난 그대가 서러워
미친 듯 봉분을 파헤쳐 보아도
추억은 썩어서 흙이 되어
이름만 뼛조각처럼 남아 있다
늘 그렇듯 나만 슬픈 무덤 앞에서

이별 닮은 날

그대 아픈 시간을 헤아려 읽어 내는 것은
내 지난 사랑 들추어내는 것보다 아픕니다
지나간 시간, 지나가는 대로 흘려보내고
서로의 마음에 가까워지는 것이 힘들었나요

아픔이 빠져나간 자리, 헐거워진 마음
그 빈자리 그대 사랑하는 나로 채워 내는 것보다
지나간 사랑 비워 내지 못한 자리가 더 컸나 봐요
그대에게 가지 못한 마음, 홀로 또 외로워집니다

흐린 가을 하늘이 이별을 많이 닮은 듯하지요
오늘 내 마음이 이토록 아픈 것은
차마 보내기 싫을 만큼 사랑한 까닭입니다
이별 닮은 날
이별하기 좋은 날

흐린 날엔

잿빛 구름 거무룩한 하늘
차라리 울어라
참는 얼굴 어두워 불편타

소리만 요란한 불꽃놀이
차라리 울어라
눈물보다 더 처량한 발악 애달프다

쏟아 내라
퍼부어라
울부짖다 웃더라도 울어라

흐린 날엔
더욱더 슬픈 모양새
차라리 울어라

사랑 참 우습죠

연못

마음에 아픈 상처로 깊이 파인 웅덩이 하나가 있습니다
흘려보내지 못한 눈물 고여 연못 되었지요

어떠한 물고기도 살지 않습니다
마를 날 없이 찰랑거리다 넘쳤다만 반복할 뿐

가끔 연못 속 헤엄쳐 다니는 그리움과 미련은
물속에 잠겼다, 수면 위로 올라왔다 하지만
익숙해진 일렁거림도 연못의 수위를 어쩌지 못합니다

언젠가 가슴 깊은 연못 하나 물이 말라 가고
웅덩이에 다른 인연으로 곱게 메워지면
그때는 그대도 추억이 되어 있겠지요

뽕뽕다리(회룡포 뽕뽕다리)

안개꽃 사이사이 붉은 양귀비꽃
그대 향한 여린 내 사랑 닮은 듯
여린 몸짓 바람에 흔들리고

파란 행복 펼쳐진 수레국화꽃
내 행복 앗아 피었나
아픈 맘 모른 채 예쁘기만 하다

넓은 모래사장 아프게 뿌려 놓은 마음처럼
흩뿌려져 밟히고 밟혀도 바스락거리는 아픔

넘치던 강물
다 쏟아 내고 말라 버린 눈물처럼 점점 메말라 간다

슬픔 없이 떠나라
아픔 없이 떠나라
그리움 한 조각 남지지 말고 떠나라
메마른 강 위에 띄워 둔 다리 하나

뒤돌아보지 말고 건너라
가슴에 올라오던 눈물도 메말랐으니

사랑 참 우습죠

미련 없이 건너라

아픈 가슴 구멍만 남아
메워도 메워도 메워지지 않는 내 마음
길게 늘어트려 둔 채 뒤돌아보지 않고 떠나라

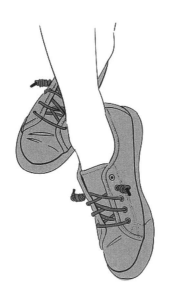

바래다주는 길

시동 걸린 두 눈 점등하고
그 옛날 함께 듣던 라이오넬 리치 노래를 튼다
마주 앉아 이야기 나눌 수 있는 별이 잘 보이는 카페로
어둠 가르며 모처럼 너와의 데이트

어떤 말 해 줄 당신인지 다 알아
들려오는 답 없어도 괜찮아
그저 당신이 떠난 오늘
하고픈 이야기가 많았기에…

한 상 잘 차려 두고 당신 기다릴 가족들에게 데려다주며
참아 온 눈물 쏟아 내지만
그만 울어라 말 못 하는 마음 나보다 쓰리겠지
그래,
우리 다시 마주할 일 년 동안
나는 그런대로 괜찮은 하루를 살아갈 테니
잘 견디며 버티고 사는 날
가끔이라도 잊지 말고 쳐다봐 주길

12시가 되면 당신은 신데렐라가 되고
바래다주고 오는 길
신발 하나를 또 가져가지 못하고 나는 혼자가 된다

사랑 참 우습죠

Part. 5

개의치 않습니다

당신의 격해진 감정과 부정적인 시선 따윈 개의치 않습니다

관계의 선을 긋고 돌아선 마음, 굳이 말하지 않겠습니다
받은 상처 끄집어내는 것이 두려운 게 아니라
화회의 손 내민다 해도 더는 회복하기 싫은 탓입니다
이미 정리된 마음에 또, 다시란 말이 싫습니다

당신 실수 인정하고 손 내밀어도 개의치 않겠습니다

내 잘못이 아닌 것에도 먼저 다가가야 해야 했던 지난 일들
잘잘못을 따지고 싶다기보다
내가 그랬듯
돌아선 마음 돌리려 내민 손일지 몰라 그냥 싫은 겁니다
더 이상의 사과는 주기도 받기도 싫은 질려 버린 과일입니다

아직 신경 쓰이는 관계의 불편함도 개의치 않겠습니다

모든 인연이 소중한 건 아니기에
단호하게 내칠 줄도, 말없이 품을 줄도 알아야 된다는 걸
오가는 인연들 속에 답을 찾습니다
내쳐야 내가 편해질 인연, 더는 개의치 않습니다

사랑 참 우습죠

그래, 너였어

사막 위 낙타처럼 근심 걱정 등에 업고
끝없이 펼쳐진 길 위, 늘어진 검은 사람
궤적의 발자국 성성한 끝없는 길
빛 저물면 지쳐 미루던 잊지 못할 시간
아프게 새겨진 흔적, 그림자처럼 따라온다

늘 뒤따랐던 것처럼 외롭고 힘든 어둠 속
뒤로 와 나와 함께였네
외롭지 마라, 아프지 마라
앞서지 않은 너의 간절한 흐느낌
미처 보지 못해 뒤로 뒤로 숨어 오나

그래
언제나 너였어
나인 듯
함께 웅크리고 주저앉아 울었던 것도
내 뒤, 길게 드러누워 무겁던 발걸음 지워 내던 것도
언제나
그래, 너였어

밤을 걷는 여자

땅 위에 떨구던 것은 눈물 닦던 손이었나 보다
축축하게 젖은 손바닥들이 달빛에 비친 땅 위를 덮어 버렸다

밤을 걷는다
소금기 젖은 손, 밟혀 아플까
발을 슥슥 밀어 가다 모질게 밟아 버렸다
좀 더 버티지 못하고 왜 그리 아팠냐 혀를 끌끌 차다
젖은 눈물 짓이겨서라도 더는 울지 마라 매정하게 짓밟다
쪼그리고 앉아 가엾은 손 하나 집어다 품에 안아 본다

인위적으로 밤을 밝히던 달 몇 개를 지나 졸고 있는 달 하나
나처럼 잠 많고 게으른가 싶다가 다한 기력 애처롭다
유난히 편의점 간판이 환해 보인다

밤을 걷는다
옷깃 여미며
움츠린 가슴 덤덤하게 풀어헤쳐질 때까지
바람의 이야기 익숙해질 때까지
뒹굴어 대는 낙엽
오가는 위로 속에 쏠려 가도 좋을 때까지
따라오는 달 하나 지칠 때까지

사랑 참 우습죠

걷고 또 걷는다

누운 채 내버려 두기엔 고독한 이 밤
외로움 잊힐 때까지

밤을 걷는다
왔던 길 되돌아오는 건 추억이 그리워서도 아니고
지나친 밤의 속삭임이 궁금해서도 아니다

아침이 오기 전
다 추스르지 못한 마음 잠시라도 쉴 수 있게
편의점을 지나
게으른 달 하나를 지나
더 축축이 젖어 가는 나무의 눈물겨운 가을 사연을 지나
나의 밤에 불을 켠다

쉬이 가시지 않은 외로움은 남은 밤에 읍소하며

흰 그림자

떡시루 위 하얀 쌀가루 체에 쳐 내린 듯 소복하다
지나간 흔적 듬성하게 찍어 낸 발자국
떠나지 못하고 머물렀나 보다

그림자마저 새하얬을 순백의 대지
다가서지 못한 손, 부질없이 휘젓는다
찍어 낸 흔적이라도 가슴에 품어 볼까
속으로 삼켜 오래전 먹어 봤을 그 그리움 되새김질해 볼까
흰 그림자 쫓아 하얀 손 바삐 따라가 볼까
밤새 욱여넣은 그리움에
체한 듯 막힌 가슴 바람에 쓸려가 사라지고
막힌 속 게워 낸 듯 여기저기 쏟아 낸 가슴 시림
찬바람에 얼어붙은 서글픔

애써 눈물 짜내어 씻어 낸다
얼금얼금 구멍 난 나의 마음, 하얀 가루 체 쳐 내리고
갈 거면 내 마음 한 자락 쥐고 가라
심장 모양 다식판에 꾹꾹 찍어, 미련이란 고물 굴려
떠나는 그대 속 채워 가라
내리는 떡쌀 위로 바쁘게 불을 지핀다

사랑 참 우습죠

흰 눈이 백설기처럼 익어 갈 때

고무줄놀이

마음에 그어 둔 선, 가까이 가지 않으려
나를 붙잡아 두기를 수십 번

조급한 마음, 넘치는 마음
붙잡아 두고 그 선 앞에 멈춘다

붙들어 매어 둔 걸음, 멈추어 세웠지만
잦은 너의 넘나듦 상처 되고

애써 지키려던 너와 나 마음의 선
무너진 거 알고 나니 늦었다

너에겐 아무것도 아니었나 봐
넘지 마라, 그어 둔 선

팽팽히 잡은 고무줄놀이
겁 없이 뛰어넘지 않아야 승

사랑 참 우습죠

잊고 살아가

아픈 눈물 흘리게 하지 않겠다
너로 인해 힘들게 하지 않겠다던 약속
잊고 사나 봐

매일 꽃송이 터지듯 웃음꽃 피게 해 주겠다
세상 부러울 것 없는 삶 약속하고
잊고 사나 봐

나도 잊고 살아
그때의 그 미소, 그때의 그 행복
거짓처럼 사라진 그 약속들
까맣게 다 잊고 살아가

내가 먼저 떠나요

당신 참 이기적입니다
내가 준 마음은 당연하고
당신 마음은 베풂이 되나요?
내가 귀 기울인 마음은 어디 가고
당신 혼자 감당했던 마음이 되나요?

당신에게 지배당해 온 시간
허울 좋은 연인 사이였지요
늘 당신이 옳았고
늘 내가 틀렸었습니다
그런 내가 지쳐 돌아서요

마음을 준다는 건, 내 전부를 주는 일
내 전부를 주고 행복했는데
당신은 계산기를 두드립니다
당신이 준 건 기억하고
내가 준 건 까맣게 잊고 말이죠

나에게 당신이 보였던
이기심과 소홀함과 냉정함은
다 이유가 있었습니다

사랑 참 우습죠

지쳐 돌아선 나의 냉정함은
왜 이유가 없겠습니까?

내 마음은 나빠 만만히 대한 거고
당신은 착해 만만히 당했다고요?
상처로 말하자면
더 아픈 쪽은 나란 걸 모르시네요
당신 참 이기적입니다

겉 다르고 속 다른 내가 못돼서
오롯이 다 까뒤집은 마음
이제 와서 당신이 준 그 마음만
아깝다, 억울하다 하시면
제 마음은 어디서 하소연하나요?

이기적인 당신 마음 미워질까
돌아선 발걸음입니다
이기적인 당신 사랑 원망할까
먼저 등을 보였습니다
이것도 내 잘못입니까?

아프고 아파도 그대입니다

고장 난 건널목 깜빡이는 신호등처럼
가슴에 파란불이 깜빡입니다
이쯤에서 멈춰 서야 하는지 서둘러 가야 하는지
머뭇거리다 한참을 여기 그대로 서 있네요

나무 사이 달빛 은은하게 비추면
불 꺼진 창밖 서성거리다 멈춰 서서
까만 밤 잠든 당신을 두드립니다
새벽이 올 때까지

밤새 어둠을 이고, 새벽을 보내고
또 아침이 오기까지 당신을 두드려 봐도
곤히 잠든 당신
내 고장 난 마음 모르고
기지개로 아침을 맞겠지요

돌아서는 발걸음 무겁게 늘어지고
고장 난 신호등엔 빨간불이 켜졌네요
아프고 아파도 고장 난 내 가슴은
여전히 그대입니다

누름 굿

까닭 없이 시름시름 앓는 가슴
고통은 신병처럼 병명도 없어
너로 인한 통증과 가슴앓이
설명할 수 없는 무병 같은 것
고통스럽게 옭아맨 너의 저주는
발동도 시와 때가 없다

이 고통 멈추어 달라
너를 몸에 실어 청해 본다
숨 막히게 아픈 사랑 거부하니
아팠던 마음 눌러 다오
미친 듯 흥 돋워 춤을 추고
날 선 작두 위 거침없이 뛴다

힘든 사랑 멈추어 달라
울부짖다 뽑아 든 핏빛 얼룩진 깃발
아픈 사랑, 아픈 시간도
충분한 선물이었을 것이라고……

어설픈 누름 굿
얼룩진 사랑 더 크게 발동하고

　　　　　　　　　　　사랑 참 우습죠

건들지 않은 만 못한 굿거리
잠재울 수 없는 사랑이라면
아픈 너라도 받아들여야겠다
이것도 운명이니까……

모처럼 대청소를 했습니다

생각 안 나십니까?
어지럽게 흩어 놓은 물건들 속
당장 필요한 것 하나 찾기가 얼마나 힘들었는지
애당초 적재적소에 두었으면 짜증 내지 않았을 일
매번 온 집을 헤집어 놓아야
사소한 한 가지 찾아내는 일 참 지겹습니다

생각나지 않습니다.
어지럽게 흩어 놓은 내 마음속
지금 당장 생각나는 그 마음 하나 꺼내는 일
내 속을 헤집어 놓고서야
비로소 아프게 쓸어 담아 놓은 마음
매번 먼지같이 뒹굴어 대는 마음
한곳으로 모아 아픔인지 슬픔인지 들여다보는 일
참 지겹습니다

생각하지 말기로 해요
지나간 것은 지나간 대로
가슴 저 밑에 묻어 두고 꺼내 보지 말아요
아픔일지 슬픔일지 혹은 그리움일지 애써 꺼내 보지 말아요
묻어 둔 건 추억이란 봉인으로 해제 없이 가둬 버려요

사랑 참 우습죠

모처럼 해가 쨍쨍한 날입니다

묵은 먼지 털어 내고 빨아 둔 마음 햇볕에 바짝 말립니다

바람 살랑거리니

떨어지던 물도 이내 마르고 빳빳하게 퍼지네요

널브러진 마음 가지런히 정리하고 깨끗이 닦습니다

오늘 묵혀 둔 찌든 때를 벗기고 구석구석 청소하니

아무 생각이 나지 않는 하루입니다

밤의 이야기

네가 그리운 날은 내 옆에 널 데려다 앉힌다
매일 묻던 바람의 안부
나의 눈 속에 담긴 너 불러다 눈물 대신 미소하며…
유난히 쏟아지듯 별 많은 밤
커피 잔 마주하고 혼자만의 못다 한 이야기 끝이 없다

홀로 남겨진 게 서럽다기보다 먼저 떠난 네가 더 가여운 날
나는 여전히 잘 견디며 지내니 아픔 없는 곳에서 행복하길
커피 잔 사이에 두고 그대에게 눈 맞추니 밤이 짧다

널 데려간 하늘을 원망하던 밤
너무도 먼 곳에 있는 네가 몹시도 그리운 밤
슬퍼도 웃어야 하는 밤
왜 하늘은 마음이 온통 밤이게 하는지

사랑 참 우습죠

타인

마주 잡은 낯선 손, 어깨 감싼 진열장 속 마네킹
여기 좀 봐 달라 호객 행위 하다 셔터 내려지면
약속이나 한 듯 경호 태세에 돌입한다
허연 이 드러내며 웃던 얼굴, 허연 이 드러내며 웃음기 빼고

오래 손님 찾지 않을 땐 철 지난 옷처럼 먼지 소복하다가
상설 매장 세일에 인파가 찾아들면 뽀얀 먼지 털어 내고
가장 보기 좋은 자세로 손님 맞는다
오늘은 누군가의 눈에 들길 바라며

사랑이라는 이름으로 하나가 되었지만 완벽한 타인이 되었다
파멸로부터 지킬 수 있는 안전망
같은 공간 속 또 다른 공간, 사랑과 간섭과는 멀어진 관계
허물다 만 벽 하나 사이에 두고
묘한 경계의 선을 지키며 살아가는 쇼윈도 속 그들

꽃반지

그것이 죽었다
다시 일어나 주길 바라지 않았다
오직 가슴에 집채만 한 응어리를 품고 사느라
그 죽음에 연민 따위를 보내고 싶지 않았다
아니 굳이 애도할 이유가 없었을지도 모를 일이다
주고받는 눈길은 냉소적이거나 관조적이거나
아니 힐끔거리거나 아예 마주치지 않거나

그의 가슴에 그토록 찬란했을 그것도 죽었다
바짝 말라 가며 죽어 가는 것을 지켜보고도
야멸차게 돌아섰던 사람이 바로 그였다
차라리 죽어 버렸으면 하고 바랐던 사람처럼
국화 한 송이, 향 하나 꽂아 둘 마음조차 없었다
그도, 나도, 죽음 앞에서 남보다 못한 사람
어떠한 슬픔도 미련도 없이 눈물 한 방울 보태지 않았다
꽃반지 끊어져 땅 위에 나뒹굴고 무참히 밟히고 짓이겨졌다
제 목숨 다한 건 꽃반지만이 아니었다
손가락 엮어 걸어 두었던 사랑과 그 아름다운 시간과 추억도
슬픈 넋만 남긴 채 멀고 먼 길을 떠나 버렸다

우리의 사랑이 죽었다

사랑 참 우습죠

못

혀에 굵은 대못 하나 물고
말이란 망치로 내려칩니다
그대가 쉼 없이 하는 못질
가슴에 깊이 박혀 버리죠
단단히 박힌 못, 간신히 빼어 내도
남은 자국 메워지지 않습니다

내 심장이, 내 가슴이 아파
굳은살 배겨 조금 더 단단해지면
내리치는 그대 말이란 대못
튕겨져 나갈까요
피가 철철 흘러도 아랑곳없는
그대 망치질이 너무 아파서
자꾸만 자꾸만 도망치게 합니다

그대 입에 물고 있는 못과 망치
당장이라도 버리고 싶지만
나의 노력으론 어림없으니
상처가 아물 틈 없고
벌집같이 구멍 난 가슴
서늘한 감정만이 드나듭니다

해바라기

너만 쳐다보다 활짝 피워 낸 미소
마음만큼 커진 얼굴
하염없이 위를 향해 키를 키우던 내 사랑
돌이서는 네 뒷모습에
무거운 얼굴 아래로 파묻고
깨알 같은 추억 툭툭 떨구어 낸다

오늘은 되돌아오고

그날 같은 오늘이다

이슬처럼 맺히지도 못하고
새어 나오려다 꾹꾹 눌러놓은 듯
유리창 속 열린 세상은 축축하기만 했다

침묵이라는 말들
고개 떨군 채 술잔 속에 떨어지고
뇌리에서 증발해 구름에 스며드는 듯
마른입에 베어 문 떡 한입 꾸역꾸역 삼킨 듯
답답한 가슴 손으로 쳐 댔지

계절을 떠나보내듯 너 보내던 날
식은 커피처럼 싸늘히 떠난 계절
잊은 듯한 날이 오늘처럼 다가오는 하루
잊힌 계절처럼 다시 하루가 와 있다
계절이 올 때 함께 오던 바람도 햇살도 하늘도
그대로 돌아오는데 오직 하나 너만
기억 저 너머에서 오늘을 잊고 사나 봐

사랑 참 우습죠

잔바람에 흔들리던 마른 가지 손 흔들며 반기던

그때의 오늘이 너에겐 돌아오지 않는 하루 같고

나에겐 계절처럼 때 되면 찾아오는 하루가 같다

인연의 끝은 잊히는 게 아니라 추억하는 것임을

정작 나란 사람은 너에게 잊힌 많은 날 중 하루인가 봐

마음에 잔바람 불어 대는 날

가슴속 감정 마른 가지 아프게 흔들리고

진동의 스침 통증으로 남아 상처를 만든다

너에겐 가고 오지 않는 어제 같은 오늘이

나에겐 여전히 내일처럼 오는 오늘이 된다

마지막 오늘의 잔영은 지워지지 않고

오래전 오늘에 앉아 너를 떠올려 보는

그날 같은 오늘이다

침묵의 시간

서슬 퍼런 혀끝의 말로 가슴 베이고
온도가 사라진 서늘한 감정의 냉기 속에
할 수 있는 최선의 선택은 침묵이었습니다

아픈 가슴 내보이면 그대가 미워질까 봐
서러운 입술 떼어 내면 서럽게 돌아설까 봐
다문 입술에 수많은 말들을 가두어 둡니다

차라리 말을 하라 채근하는 그대에게 침묵하는 일은
미련한 내 사랑 아직은 지키고 싶은 마음이 더 커서겠지요

부디 이 침묵이 터져 나오지 않고 잔잔히 흐를 수 있게
나의 침묵을 채근하며 다그치지 말아 주세요
아프고 서러운 가슴 온 마음으로 삼킨 침묵입니다

이 시간이 지나고 나면 예쁜 휘파람 소리로
그대에게 미소로 말할 수 있는 날 오겠지요

사랑 참 우습죠

나였음을

비가 몹시 내리던 날
온몸 노출시키고 조롱하듯 세차게 내리치는 비를
애써 피하지 않았다
너의 눈물 외면했듯 숨어들지 않고 그때 헤아리지 못한 마음
너처럼 젖어 보자며

그래, 그랬겠구나
젖은 마음보다 지나치며 외면하는 눈길
괜찮냐 다독여 주는 이 없다는 게 더 힘들었겠구나
우산 하나 받쳐 줬어도 무겁게 내려앉을 마음 아니었을 텐데
그것 하나 펼쳐 주지 못한 내가 미웠겠구나

우산 없이 걸어 보니
외면 속에 울어 대는 빗속에 젖어 보니
알 것도 같아
너 정말 많이 힘들었겠구나
그래, 그랬겠구나
말없이 걸어만 주어도 충분했을 아픔
더 서럽게 내가 그랬었구나

우산 하나면 되었을 위로

온몸 젖어 보니 알아지는 아픔,

아파 보니 알아지는 슬픔

우산 하나, 그게 바로 나였음을 이제야 알아 버렸네

그때 펼쳐 들어 주지 못한 우산 하나

그때 너처럼 눈물 같은 비에 젖어

아픔 맘 무겁게 끌고 휘청거린다

표정 없는 언어

내 말에는 표정이 없어요

글로 내뱉는 말에
마음의 표정을 담기가 힘들었나 봐요

나의 마음 표현하려 애썼지요
표정 없는 글에 오해가 있다 한들
잘못이 아니겠지요

표정을 말로 표현하기 힘들었나 봅니다
나의 마음을 어떻게 써야
서로에게 아프지 않게 다가갈까요?

나의 잘못도, 당신의 잘못도 아녜요
말에 표정이 없어서 그런 거예요

그릴 수 있다면
글이란 언어에
웃음도 슬픔도 그리움도 그리고 싶어요

나의 언어에 표정이 없어
그대도 나도 아팠나 봅니다

사랑 참 우습죠

고슴도치 딜레마

가시는 언제나 서로를 찌르는 상처다

가까워지고 싶어질수록 거리를 둔다
나의 관심과 배려가 불편한 가시 되어 아프게 박힐까
너무 가깝지 않게

모두가 자신만의 가시를 한껏 세우고 산다
의도적으로 눕혀 둔 가시도 언제 뾰족이 세워질지 몰라
가까운 사이일수록 상처받고 상처 주지 않을 거리
그 최적의 거리를 두고 갈등에 빠지지 않게…

누구나 마음에 고슴도치가 살고 있다
멀리서 볼 땐 보이지 않았던 것들이
가까이 가서야 보이듯, 보지 않았을 뿐
모두가 자기 방어의 손톱을 뾰족이 세우고
부딪칠수록 날선 마음으로 나를 지키고자 상처를 낸다

충돌하지 않을 거리
서로를 평온하게 유지해 줄 거리
가시를 치켜세워도 눕혀 두어도 개의치 않을 거리
딜레마는 간격의 유지다

우산

도망칠 수 없었던 인연들이 수직으로 떨어져 내린다
결코 씻기지 않을 그 모진 연의 허무를 타고
두두둑
두두둑

쏟아지는 아픔에 더해져 상처 헤집듯 바람마저 불어오면
쓰린 마음 더욱더 욱신거리고
텅 비어 버린 마음 홀로 또 외롭다

애초에 없었던 인연이라면
구겨진 채 버려질 일 없었겠지
구겨진 마음 위로 우산을 펼쳐 든다
젖은 마음 잠시라도 마를 수 있게

눈물의 의미

얽히고설킨 매듭 하나 풀지 못한 채 시간은 흘러가고
슬픔은 완급 조절 없는 고통의 지속

내 아픔조차 이해할 수 없는데
어떻게 너의 아픔을 헤아릴 수 있을까
상실을 극복하는 법 잊은 채
깊은 상처에 머물러 있었다

늘 한 걸음 뒤에 따라오는 그림자처럼
보내고 나야 깨닫게 되는 후회와 비애

되돌리고 싶은 지난날의 태엽은 되감기지 않고
격렬한 절망의 시간과 죄책감만 증폭되는 날들
되뇌지 못하고 속으로 삼켜 더 아픈 슬픔

휘어지고 비틀거리는 감정들을 이기려
더 이상 싸우지 말아야겠다
모든 눈물에는 의미가 있으니
머물고 싶지 않은 순간에 오래 남아 있지 않으리

사랑 참 우습죠

슬픔이었다가 분노였다가 하던 낯선 감정

눈물의 카타르시스 쏟아 내고

맞이하고 싶지 않은 감정과도 이별할 때

울고 또 울어 비우고 비우면

바닥이 보일 나의 카타르시스

오늘도

억압된 감정의 응어리는 해소되고 정화되어 가는 중

눈을 감고

검은 안대 뒤집어쓰고 세상을 가렸다
행복이란 이질적 감정에서 오는 불편함
사랑이란 낯선 단어, 우리라는 어색함
검은 안대 속으로 내 눈을 가두었다

불협한 시선, 산산이 부서뜨리는 보편적이지 않은 눈과
그러한 생각들을
사회 부적응자라는 말로 치부해 버리지만
우리라는 관계로 사랑하고 행복했던 사람,
그런 상처 모르는 사람은
도저히 이해할 수 없는 불치병이다

다시라는 시도가 두려운 것은
단순히 상처가 두려워서가 아니라
누군가를 미워하거나
내지는 나 자신을 미워하며 보내게 될
숱한 날들의 두려움임을 아무도 모른다

눈을 감고 가는 것은
다만 겨우 견뎌 낸 시간을 뒤돌아보기 싫음이다
다만 다시 누군가와 우리가 되고 싶지 않음이다

사랑 참 우습죠

다만 더는 사랑하고 행복하지 않아도 되니
다만 더 이상 아프지 않길 바라기 때문이다

인연의 값

바람 같은 인연이 내 잎사귀 세차게 흔들 때
애써 틔워 낸 여린 잎 하나 떨구어 내고
비로소 잘못된 인연의 대가를 치르듯
봉합할 수 없는 하나의 마음을 땅 위에 떨굽니다

거름 같은 인연이 부러진 가지의 흔적 위로하며
다른 가슴 새 잎 돋게 합니다
나도 모르는 사이 자라서 단단히 짙어지는 잎
그 인연의 값어치를 그 무엇으로 매길 수 있을까?

인연에는 반드시 그 대가가 따릅니다
아픈 인연에서 상처의 흔적이 남고
좋은 인연에는 마음에 꽃이 핍니다
오고 가는 인연 피할 수 없다면
내 마음이 꽃밭이 될 수 있는 값진 인연이길 바랍니다

사랑 참 우습죠

하염없이

하여 너는 그리 떠나고
나는 이리 남아
서로 다른 마음으로 아파하나

염두에 두지 않은 마음쯤이야
그렇다 치더라도
버려진 나보다 중요한 마음이었나

끝낼 수 있는 거라면 수십 번도 끝났을 관계
전처럼 오지 않는 건 넌 이미 끝났다는 거잖아

이제 나의 마음만 추스르면 되는데
나는 아직 자꾸만 기다리게 되니
하염없는 이 마음 어떻게 좀 해 봐

밤이슬

저기 저 언덕 너머
햇살 눅눅해지면
불그스름한 노을
잠시 물들이다 사라지고
달빛 던져 놓은 그림자 너를 찾는다

별 하나 뜨면 네 얼굴 뜨고
별 하나 뜨면 네 그리움 뜨고
달빛 아래 드러누운 그림자도
아픈 듯 드러눕는다

가로등 하나 없는 좁다란 시골길
어둠에 취한 듯 들풀도 젖어 들고
이따금 내 눈에도 이슬 맺히어
아침은 멀었는데 어둠에 취한 밤
축축이 휘청거리다 서성인다

너를 만나고 있다

새롭거나 특별할 것 없는 하루를 예외 없이 닮아 간다
너는 너대로 나는 나대로 일 때도
충분히 멋진 삶이었음을 잊어 가며
어느새 하나처럼 똑같아지는 많은 것들에
무미건조한 관계를 이어 가고
매일이 어제 같은 하루에 너와 내가 있다는 권태감

그저 그런 하루가 지겨울 만큼 의미 없던 날
이별을 만나러 간다
같은 맘인 듯 손 흔들며 우린 기어이 이별했었지

너의 식성 그대로, 너의 취향 그대로
지겹다 나무라던 너의 버릇 그대로 빙의된 듯한 내 모습
유난히 쓸쓸해진다
이별한 너를 만나듯 너와 꼭 닮은 나를 만나고 있다

모서리 다듬기

서로에 대한 경계는 뾰족하게 솟아나
상처를 만드는 흉기가 되었다

한 발짝만 뒤로 물러서면 둥글게 다듬어질 마음들은
여러 개의 모서리를 만들어 자꾸만 부딪치며 다치게 만든다

사소한 일에도 쉽게 찢기고 부딪친 모난 마음
사랑으로 녹여 내어 둥글고 매끄럽게 만들어 내자
다시 마음이 튀어나와 뾰족하게 솟아올라 상처를 주지 않게
더 많이 사랑하며 안아 주자

처음 우리 사랑처럼 모서리지지 않게
뜨겁게 사랑하며 녹여 내자 모서리

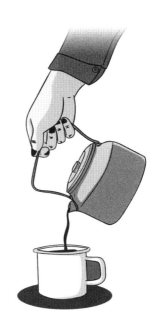

바보 같은 미소

울며 붙잡기 싫어서
바보같이 웃으며 보내 줍니다

울며 미련 떨기 싫어서
바보같이 웃으며 돌아섭니다

웃으며 하는 이별에
내 가슴 왜 이리 아픈 걸까요?

바보같이 웃으며
내 가슴 내리칩니다

가장 보편적인

손잡고 포옹하고 키스하고
만나고 알아 가고 사랑하고
가장 보편적인
사랑을 하고 싶었습니다

한눈에 반하고, 한순간에 빠지고
당신과의 사랑은 달랐네요
보편적이지 않은
사랑을 하고 말았습니다

보편적이지 않은 사랑은
보편적이지 않은 아픔과
보편적이지 않은 상처로
보편적이지 않은 이별을 하게 했습니다

이제 나는
가장 보편적인 사람을 만나
가장 보편적인 사랑을 하렵니다

사랑 참 우습죠

ⓒ 엄윤정, 2023

초판 1쇄 발행 2023년 5월 10일

지은이　엄윤정
펴낸이　이기봉
편집　　좋은땅 편집팀
펴낸곳　도서출판 좋은땅
주소　　서울특별시 마포구 양화로12길 26 지월드빌딩 (서교동 395-7)
전화　　02)374-8616~7
팩스　　02)374-8614
이메일　gworldbook@naver.com
홈페이지 www.g-world.co.kr

ISBN　979-11-388-1884-1 (03810)

· 가격은 뒤표지에 있습니다.
· 이 책은 저작권법에 의하여 보호를 받는 저작물이므로 무단 전재와 복제를 금합니다.
· 파본은 구입하신 서점에서 교환해 드립니다.

* 일러스트 − pixabay로부터 입수된 Piyapong Saydaung님의 이미지